MONDADORI-POESIA

Nazim Hikmet
Poesie d'amore

Traduzione di Joyce Lussu

Arnoldo Mondadori Editore

ISBN 88-04-34871-2

12 edizioni Lo Specchio
I edizione Mondadori-Poesia Gennaio 1991
XXII edizione Mondadori-Poesia Gennaio 2003

NOTA
ALLA SECONDA EDIZIONE

In questa nuova edizione, alle precedenti *Poesie d'amore*, sono stati aggiunti sedici componimenti di varie epoche, la cui lettura può accrescere la conoscenza dell'opera del poeta. Vi si notano soprattutto le «Poesie sulla morte» fra cui «Ultima lettera da Berlino» e «Il mio funerale», le ultime scritte da Hikmet prima della scomparsa.

LETTERA DELL'AUTORE
A JOYCE LUSSU

Cara Joyce,

Mi domandi perché scrivo delle poesie?
Sarebbe più giusto porre la domanda in altro modo. Perché e come ho cominciato a scrivere delle poesie.
Cerco di ricordare.
Avevo tredici anni. Abitavamo Istanbul. Mio nonno era poeta, ma ancora oggi non capisco le sue poesie. Il suo linguaggio: scriveva in un turco che si chiamava ottomano, ossia formato per il 75 per cento da parole arabe e persiane; anche le regole grammaticali erano arabe e persiane. Le poesie di mio nonno erano dogmatiche, didattiche, religiose. Non le capivo ma ero il nipote di un nonno poeta.
Mia madre era innamorata di Baudelaire e di Lamartine, e li leggeva in francese, perché in quei tempi le traduzioni in turco erano in ottomano, e molto rare. Mia madre conosceva benissimo il francese, ma l'ottomano lo sapeva meno ancora di me.
Mio nonno, Nazim Pascià, era poeta e apparteneva alla setta dei Mevlevé, dervisci vagabondi che derivavano il loro

nome dal poeta Mevlana. Mia madre adorava Lamartine e Baudelaire, e la poesia, a casa nostra, era sugli altari.
Scoppiò un incendio di fronte alla nostra casa. Era la prima volta che vedevo un incendio. Ne fui stupito ed ebbi paura. Mio nonno, affinché l'incendio non arrivasse a casa nostra, si mise in piedi davanti alla finestra, brandendo il Corano aperto. L'incendio si spense, ma non per la forza del Corano, e nemmeno per quella dei pompieri; si spense da solo, dopo aver incenerito la casa che bruciava di fronte a noi. E io, due ore dopo, scrissi la mia prima poesia: «L'incendio».
Il ritmo della mia poesia imitava quello della metrica chiusa arabo-persiana che si chiama «aruz»: mi era restato nelle orecchie sentendo recitare mio nonno. L'«aruz» comporta delle cesure obbligate, che però non sono né sillabiche né toniche; non sapevo allora che vi fossero altri ritmi, o che esistessero i versi liberi. Anche il mio linguaggio era un'imitazione dell'ottomano.
Ecco i primi versi:

«*Brucia brucia con terribile fracasso*
quel nemico dell'umanità
che stringe fra le sue braccia
le case le madri e gli orfani...»

È tutto quello che ricordo: sembra quasi che abbia presentito la guerra atomica. E riscrivendo queste righe, mi accorgo tutt'a un tratto che ero influenzato, più che dalla poesia di mio nonno, da quella di Tefik Fikret. Perché? Non lo so. Forse perché mio padre, che di letteratura non capiva nulla, leggeva qualche volta Tefik Fikret, il nostro primo grande poeta umanista, forse anche un po' socialista utopista: il nostro primo poeta che scrisse versi contro la guerra e contro la religione. Ma scriveva anche lui in ottomano, per quanto un po' modernizzato.
La mia seconda poesia la scrissi, mi pare, a quattordici anni. C'era la prima guerra mondiale. Mio zio era caduto ai Dardanelli. Ero molto patriota e scrissi un poema sulla guerra. È strano. Ricordo benissimo di aver scritto quella poesia, ma non mi viene in mente un solo verso. Ricordo anche che non era scritta in ottomano, bensì in un turco purificato in parte dalle parole arabe e persiane ma ancora

molto impacciato; e che scrivevo sotto l'influsso del poeta Mehmet Emin, il primo che abbia scritto in turco e con metriche nazionali turche, sillabiche. Mehmet Emin era considerato il poeta del nazionalismo turco.
A sedici anni, credo, scrissi la mia terza poesia. In quell'epoca un altro grande poeta turco dominava la nostra letteratura. Aveva inventato una lingua poetica tutta nuova e si chiamava Yaya Kemal. Penso che fosse innamorato di mia madre: a casa leggevamo le sue poesie e all'accademia navale era il mio professore di storia. La poesia aveva per argomento il gatto di mia sorella. Perché? Ora che ci penso, credo che sentissi il bisogno di approfondire le questioni di forma, e per questo avevo scelto un tema neutro, astratto. Feci vedere la poesia a Yaya Kemal, e lui volle vedere il gatto. Era un gattino rognoso, di colore incerto. Il grande poeta mi disse: «Se puoi fare una poesia su quella sudicia bestiola, puoi diventare un grande poeta».
Adesso capisco che si trattava di tutto un modo di concepire la poesia. C'era una differenza così grande tra la realtà e quello che avevo scritto:

«*Aveva gli occhi verdi come le onde del mare*
con i suoi peli bianchi sembrava una palla di neve...»

Pubblicai la prima poesia a 17 anni. Era stata corretta largamente da Yaya Kemal. Suonava così:

«*Ho sentito un lamento sotto i cipressi*
mi son chiesto, c'è qualcuno che piange qui?
o è il vento che si ricorda di un amore passato
in questo luogo solitario?

Un tempo pensavo che i morti ridessero
quando le nere cortine cadon sugli occhi
ma ora mi chiedo se i morti che amaron la vita
piangono ancora sotto i cipressi.»

Nel linguaggio e nella metrica era, almeno formalmente, una poesia che esprimeva le nuove tendenze.
Poi mi sono innamorato follemente di varie ragazze e ho scritto per loro dei versi; poi le questioni che riguardano la

coscienza, l'onore, l'eternità mi hanno interessato e ho scritto su queste cose. Poi gli Alleati occuparono Istanbul, e io scrissi delle poesie contro l'Intesa inneggiando al movimento di liberazione in Anatolia.

A 18 anni passai in Anatolia, scoprii il mio popolo e le sue lotte. Lottava con i suoi cavalli magri, con le sue armi preistoriche, in mezzo alla sua fame e alle sue cimici, contro l'esercito greco sostenuto dagli inglesi e dai francesi. Ero tutto stupito, ebbi paura, lo amai, lo adorai, compresi che bisognava scrivere tutto ciò in un altro modo. Ma non ne fui capace. Per trovare il modo giusto era necessario, a quanto pare, che passassi nell'Unione Sovietica.

Era la fine del 1921. Fui mille volte più stupito, e sentii un amore e un'ammirazione cento volte più forti, perché avevo scoperto, in quel 1921-1922, una carestia cento volte più terribile, e delle cimici cento volte più feroci, e una lotta contro tutto un mondo cento volte più potente, e una immensa speranza, un'immensa gioia di vivere, di creare.

Ho scoperto tutta un'altra umanità.

E cominciai a scrivere in un altro modo.

E da allora, non posso non scrivere delle poesie.

Nazim Hikmet

Stoccolma, 20 dicembre 1961

POESIE D'AMORE

RUBAI[1]

Istanbul, 1933

[1] Componimento poetico secondo la metrica tradizionale arabo-persiana.

È l'alba. S'illumina il mondo
come l'acqua che lascia cadere sul fondo
le sue impurità. E sei tu, all'improvviso
tu, mio amore, nel chiarore infinito
di fronte a me.

Giorno d'inverno, senza macchia, trasparente
come vetro. Addentare la polpa candida e sana
d'un frutto. Amarti, mia rosa, somiglia
all'aspirare l'aria in un bosco di pini.

Chi sa, forse non ci ameremmo tanto
se le nostre anime non si vedessero da lontano
non saremmo così vicini, chi sa,
se la sorte non ci avesse divisi.

È così, mio usignolo, tra te e me
c'è solo una differenza di grado:

tu hai le ali e non puoi volare
io ho le mani e non posso pensare.

Finito, dirà un giorno madre Natura
finito di ridere e piangere
e sarà ancora la vita immensa
che non vede non parla non pensa.

LETTERE DAL CARCERE A MUNEVVER

Prigione di Bursa (Anatolia)

1942

Il più bello dei mari
è quello che non navigammo.
Il più bello dei nostri figli
non è ancora cresciuto.
I più belli dei nostri giorni
non li abbiamo ancora vissuti.
E quello
che vorrei dirti di più bello
non te l'ho ancora detto.

Amo in te
l'avventura della nave che va verso il polo
amo in te
l'audacia dei giocatori delle grandi scoperte
amo in te le cose lontane
amo in te l'impossibile

entro nei tuoi occhi come in un bosco
pieno di sole
e sudato affamato infuriato
ho la passione del cacciatore
per mordere nella tua carne

amo in te l'impossibile
ma non la disperazione.

1943

Guardo in ginocchio la terra
guardo l'erba
guardo l'insetto
guardo l'istante fiorito e azzurro
sei come la terra di primavera, amore,
io ti guardo.

Sdraiato sul dorso vedo il cielo
vedo i rami degli alberi
vedo le cicogne che volano
sei come il cielo di primavera, amore,
io ti vedo.

Ho acceso un fuoco di notte in campagna
tocco il fuoco
tocco l'acqua
tocco la stoffa e l'argento

sei come un fuoco di bivacco all'addiaccio
io ti tocco.

Sono tra gli uomini amo gli uomini
amo l'azione
amo il pensiero
amo la mia lotta
sei un essere umano nella mia lotta
ti amo.

1944

Che sta facendo adesso
adesso, in questo momento?
È a casa? Per la strada?
Al lavoro? In piedi? Sdraiata?
Forse sta alzando il braccio?
Amor mio
come appare in quel movimento
il polso bianco e rotondo!
Che sta facendo adesso
adesso, in questo momento?
Un gattino sulle ginocchia
lei lo accarezza.
O forse sta camminando
ecco il piede che avanza.
Oh i tuoi piedi che mi son cari
che mi camminano sull'anima
che illuminano i miei giorni bui!
A che pensa?
A me? o forse... chi sa

ai fagioli che non si cuociono.
O forse si domanda
perché tanti sono infelici
sulla terra.
Che sta facendo adesso
adesso, in questo momento?

1944

Se per i buoni uffici del signor Nuri spedizioniere
la mia città, la mia Istanbul mi mandasse
un cassone di cipresso, un cassone di sposa
se io l'aprissi facendo risuonare
la serratura di metallo: dccinnn...

due rotoli di tela finissima
due paia di camicie
dei fazzoletti bianchi ricamati d'argento
dei fiori di lavanda nei sacchetti di seta
e tu
e se tu uscissi da lì

ti farei sedere sull'orlo del letto
ti metterei sotto i piedi la mia pelle di lupo
con la testa chinata e le mani giunte starei davanti a te
ti guarderei, gioia, ti guarderei stupito
come sei bella, Dio mio, come sei bella

l'aria e l'acqua d'Istanbul nel tuo sorriso
la voluttà della mia città nel tuo sguardo
o mia sultana, o mia signora, se tu lo permettessi
e se il tuo schiavo Nazim Hikmet l'osasse
sarebbe come se respirasse e baciasse
Istanbul sulla tua guancia

ma sta attenta
sta attenta a non dirmi «avvicinati»
mi sembra che se la tua mano toccasse la mia
   cadrei morto sul pavimento.

1945

«Addormentarsi adesso
svegliarsi tra cento anni, amor mio...»

«No,
non sono un disertore.
Del resto, il mio secolo non mi fa paura
il mio secolo pieno di miserie e di scandali
il mio secolo coraggioso grande ed eroico.
Non ho mai rimpianto d'esser venuto al mondo troppo
presto
sono del ventesimo secolo e ne son fiero.
Mi basta esser là dove sono, tra i nostri,
e battermi per un mondo nuovo...»
«Tra cento anni, amor mio...»
«No,
prima e malgrado tutto.
Il mio secolo che muore e rinasce
il mio secolo
i cui ultimi giorni saranno belli
la mia terribile notte lacerata dai gridi dell'alba
il mio secolo splenderà di sole, amor mio
come i tuoi occhi...»

1947

Ho sognato della mia bella
m'è apparsa sopra i rami
passava come la luna
tra una nuvola e l'altra
andava e io la seguivo
mi fermavo e lei si fermava
la guardavo e lei mi guardava
e tutto è finito qui.

1947

Il vento cala e se ne va
lo stesso vento non agita
due volte lo stesso ramo
di ciliegio
gli uccelli cantano nell'albero
ali che voglion volare
la porta è chiusa
bisogna forzarla
bisogna vederti, amor mio,
sia bella come te, la vita
sia amica e amata come te

so che ancora non è finito
il banchetto della miseria
ma finirà...

1948

Anima mia
chiudi gli occhi
piano piano
e come s'affonda nell'acqua
immergiti nel sonno
nuda e vestita di bianco
il più bello dei sogni
ti accoglierà

anima mia
chiudi gli occhi
piano piano
abbandonati come nell'arco delle mie braccia
nel tuo sonno non dimenticarmi
chiudi gli occhi pian piano
i tuoi occhi marroni
dove brucia una fiamma verde
anima mia.

1948

In questa notte d'autunno
sono pieno delle tue parole
parole eterne come il tempo
come la materia
parole pesanti come la mano
scintillanti come le stelle.
Dalla tua testa dalla tua carne
dal tuo cuore
mi sono giunte le tue parole
le tue parole cariche di te
le tue parole, madre
le tue parole, amore
le tue parole, amica.
Erano tristi, amare
erano allegre, piene di speranza
erano coraggiose, eroiche
le tue parole
erano uomini.

1948

Benvenuta, donna mia, benvenuta!

certo sei stanca
come potrò lavarti i piedi
non ho acqua di rose né catino d'argento

certo avrai sete
non ho una bevanda fresca da offrirti

certo avrai fame
e io non posso apparecchiare
una tavola con lino candido

la mia stanza è povera e prigioniera
come il nostro paese.

Benvenuta, donna mia, benvenuta!

hai posato il piede nella mia cella
e il cemento è divenuto prato

hai riso
e rose hanno fiorito le sbarre

hai pianto
e perle son rotolate sulle mie palme

ricca come il mio cuore
cara come la libertà
è adesso questa prigione.

Benvenuta, donna mia, benvenuta!

1948

I giorni son sempre più brevi
le piogge cominceranno.
La mia porta, spalancata, ti ha atteso.
   Perché hai tardato tanto?

Sul mio tavolo, dei peperoni verdi, del sale, del pane.
Il vino che avevo conservato nella brocca
l'ho bevuto a metà, da solo, aspettando.
   Perché hai tardato tanto?

Ma ecco sui rami, maturi, profondi
dei frutti carichi di miele.
Stavano per cadere senz'essere colti
   se tu avessi tardato ancora un poco.

1948

I tuoi occhi i tuoi occhi i tuoi occhi
che tu venga all'ospedale o in prigione
nei tuoi occhi porti sempre il sole.

I tuoi occhi i tuoi occhi i tuoi occhi
questa fine di maggio, dalle parti d'Antalya,
sono così, le spighe, di primo mattino;

i tuoi occhi i tuoi occhi i tuoi occhi
quante volte hanno pianto davanti a me
son rimasti tutti nudi, i tuoi occhi,
nudi e immensi come gli occhi di un bimbo
ma non un giorno han perso il loro sole;

i tuoi occhi i tuoi occhi i tuoi occhi
che s'illanguidiscano un poco, i tuoi occhi
gioiosi, immensamente intelligenti, perfetti:

allora saprò far echeggiare il mondo
del mio amore.

I tuoi occhi i tuoi occhi i tuoi occhi
così sono d'autunno i castagneti di Bursa
le foglie dopo la pioggia
e in ogni stagione e ad ogni ora, Istanbul.

I tuoi occhi i tuoi occhi i tuoi occhi
verrà giorno, mia rosa, verrà giorno
che gli uomini si guarderanno l'un l'altro
fraternamente
con i tuoi occhi, amor mio,
si guarderanno con i tuoi occhi.

Rubai

1948

Il raggio è riempito di miele
i tuoi occhi son pieni di sole.
I tuoi occhi, mia rosa, saranno cenere
domani, e il miele continuerà
a riempire altri raggi.

Non mi fermo a rimpiangere i giorni passati
– salvo una certa notte d'estate –
e anche l'ultima luce dei miei occhi azzurri
ti annuncerà lieti giorni futuri.

Un giorno, madre natura dirà: «Mia creatura
hai già riso, hai già pianto abbastanza».
E di nuovo, immensa
sconfinata, ricomincerà
la vita, senza occhi, senza parola, senza
pensiero...

1949

Sei la mia schiavitù sei la mia libertà
  sei la mia carne che brucia
  come la nuda carne delle notti d'estate
sei la mia patria
  tu, coi riflessi verdi dei tuoi occhi
  tu, alta e vittoriosa
sei la mia nostalgia
di saperti inaccessibile
nel momento stesso
in cui ti afferro.

FUORI DEL CARCERE

Istanbul, 1951

Il mattino

Ti svegli.
Dove sei?
A casa.
Non hai potuto ancora abituarti:
  al tuo risveglio
  trovarti a casa.
Ecco quel che ti lasciano
tredici anni di carcere.

Chi c'è nel letto, accanto a te?
Non è la solitudine, è tua moglie.
Dorme coi pugni chiusi, come un angelo.
Le dona, essere incinta.
Che ore sono?
Le otto.
Possiamo dunque star tranquilli
  fino a sera.
È l'uso,
la polizia non fa irruzione in pieno giorno.

La sera

Sei uscito di prigione
e appena uscito
  ecco tua moglie incinta.
La sera
la prendi sottobraccio
  ve ne andate a passeggio
  per le strade del tuo quartiere.
Ha il ventre quasi fino al naso, tua moglie.
Il suo peso sacro
  lo porta con civetteria
e tu
sei fiero e pieno di rispetto.
Fa fresco.
Una freschezza
  come mani di bimbo infreddolito.
Hai voglia di afferrarla tra le palme
  per riscaldarla.

I gatti del quartiere aspettano
  attorno alla macelleria

e al primo piano, la macellaia ricciuta
i grossi seni appoggiati sul davanzale
contempla il tramonto.
In mezzo al cielo tutto pulito nel crepuscolo
una stella compare
limpida come un bicchier d'acqua.
L'estate è durata a lungo quest'anno
e se i gelsi sono ingialliti
i fichi sono ancora verdi.

Refik il tipografo e la figlia più giovane
di Jorghi il lattivendolo
passeggiano su e giù
con le dita intrecciate.
Karabé il pizzicagnolo
ha già acceso le luci:
quest'armeno non ha dimenticato
il massacro
di suo padre
tra le montagne curde.
Ma a te, ti vuole bene;
anche tu, non li puoi perdonare
quelli che han messo questo marchio
sulla fronte del popolo turco.
I malati, i tisici del quartiere
guardano, da dietro i vetri.
Il figlio di Nuriyé la lavandaia, disoccupato,
ingobbito dalla tristezza
s'avvia verso la bettola.
In casa dei Rahmì, si sente il radio-giornale:
in un paese dell'Estremo Oriente
degli uomini dal viso giallo lunare
combattono contro il drago bianco;
hanno mandato lì, da casa tua,
quattromila cinquecento ragazzi
per massacrare i loro fratelli.
Il tuo viso arrossisce
di collera e di vergogna
non ti senti obbiettivo, no, al diavolo,
ma triste di una tristezza tua propria
una tristezza con le mani e i piedi legati

come se rotolassero a terra tua moglie
  facendola abortire
come se fossi ancora in prigione
e giù in guardina facessero battere
i contadini dai gendarmi.

La notte è caduta a un tratto.
Il passeggio serale è terminato.
Una jeep della polizia
  entra nella nostra strada.
Tua moglie sussurra: «Andrà a casa?».

La notte

Una cotonata a quadretti blu copre il tavolo
e sopra, senza menzogne, sorridenti, arditi
  stanno i nostri libri.
Sono un prigioniero, madre mia,
  che ritorna al paese
  da una fortezza nemica.
È l'una di notte
  la lampada è ancora accesa.
Al mio fianco è coricata mia moglie
  mia moglie
    incinta di cinque mesi.
Quando la mia carne tocca la sua
quando le poso la mano sul ventre
  il bimbo si muove un poco.
Sul ramo la foglia
  nell'acqua il pesce
  nella matrice il piccolo dell'uomo.

Mio piccolo.
La camiciola di lana rosa

per il mio bambino
l'ha sferruzzata sua madre
è grande come la mia mano
con le maniche appena così.
Mio piccolo.
Se sarà femmina
voglio che sia sua madre dalla testa ai piedi,
s'è maschio, che sia della mia statura.
S'è femmina, che abbia gli occhi verde dorato
s'è maschio, azzurri.
Mio piccolo.
Non voglio che a vent'anni t'ammazzino
se sei maschio, al fronte
se sei femmina, dentro qualche rifugio, di notte.
Mio piccolo.
Femmina o maschio
a qualsiasi età
non voglio che tu conosca il carcere
per essere stato dalla parte del giusto
del bello, della pace.
Ma so bene
figlia mia
o figlio mio
che se il sole tarderà molto a sorgere
dalle acque
dovrai combattere
e anche...
Insomma oggi, da noi, è un ben duro mestiere
essere padre.

È l'una di notte.
La lampada
non l'abbiamo ancora spenta.
Tra mezz'ora forse, forse verso il mattino
la mia casa conoscerà
ancora un'altra irruzione
della polizia
e mi porteranno via, prenderò con me qualche libro.
I questurini della politica
mi prenderanno in mezzo
e io mi volterò indietro a guardare:

mia moglie sarà sulla soglia
  davanti alla porta
il vento del mattino
  gonfierà la sua gonna
e nel suo ventre pesante
  il bambino si muoverà un poco.

L'addio

L'uomo dice alla donna
        t'amo
e come:
    come se stringessi tra le palme
    il mio cuore, simile a scheggia di vetro
    che m'insanguina i diti
        quando lo spezzo
            follemente.

L'uomo dice alla donna
        t'amo
e come:
    con la profondità dei chilometri
    con l'immensità dei chilometri
cento per cento
    mille per cento
        cento volte l'infinitamente cento.

La donna dice all'uomo
ho guardato

con le mie labbra
con la mia testa col mio cuore
con amore con terrore, curvandomi
sulle tue labbra
sul tuo cuore
sulla tua testa.
E quello che dico adesso
l'ho imparato da te
come un mormorio nelle tenebre
e oggi so
che la terra
come una madre
dal viso di sole
allatta la sua creatura più bella.
Ma che fare?
I miei capelli sono impigliati ai diti di ciò che muore
non posso strapparne la testa
devi partire
guardando gli occhi del nuovo nato
devi abbandonarmi.

La donna ha taciuto
si sono baciati
un libro è caduto sul pavimento
una finestra si è chiusa.

È così che si sono lasciati.

IN ESILIO

Arrivederci fratello mare

Varna, 1951

Ed ecco ce ne andiamo come siamo venuti
arrivederci fratello mare
mi porto un po' della tua ghiaia
un po' del tuo sale azzurro
un po' della tua infinità
e un pochino della tua luce
e della tua infelicità.
Ci hai saputo dir molte cose
sul tuo destino di mare
eccoci con un po' più di speranza
eccoci con un po' più di saggezza
e ce ne andiamo come siamo venuti
arrivederci fratello mare.

Varna, 1951

Nella casa addormentata in quest'alba
la luce che si muove al secondo piano
è una stella rimasta lassù

sono sceso senza rumore
  per la scala
sono andato attraverso il giardino
  fino al bosco di faggi

nella freschezza calma di quest'alba
negli alberi la tenerezza
  di una giovane madre
e a passi lenti sul ponte di pietra
  la partenza.

Varna, 1952

Impossibile dormire la notte qui a Varna
impossibile dormire
per via di queste stelle che son troppe
troppo lucide troppo vicine
per via del mormorio sul greto dell'onde morte
il loro sussurro
le loro perle
i loro ciottoli
le alghe salate
per via del rumore di un motore sul mare come un cuore che batte
per via dei fantasmi
venuti da Istanbul
  sorti dal Bosforo
    che invadono la stanza
gli occhi verdi dell'uno
le manette ai polsi dell'altro

un fazzoletto
nelle mani del terzo
un fazzoletto che sa di lavanda.

Impossibile dormire la notte qui a Varna, mio amore,
qui a Varna, all'albergo Bor.

Non è un cuore

Varna, 1952

Non è un cuore, perdio, è un sandalo di pelle di bufalo
che cammina, incessantemente, cammina
   senza lacerarsi
      va avanti
         su sentieri pietrosi.

Una barca passa davanti a Varna
«Ohilà, figli d'argento del Mar Nero!»
una barca scivola verso il Bosforo.
Nazim dolcemente carezza la barca
      e si brucia le mani.

Quest'anno

Varna, 1952

Quest'anno quest'inizio d'autunno nel meridione
m'impasticcio di mare di sabbia di sole
mi stropiccio all'albero
alle mele
come ci s'impasticcia di miele.
La notte, il cielo ha un buon odore di semi
la notte, il cielo scende sulla via polverosa
m'impasticcio di stelle.

Io m'abituo, mia rosa,
io m'abituo
al mare alla sabbia al sole alle mele alle stelle
è tempo di andare
mischiato
al sole alla sabbia alle mele alle stelle al mare.

Da Varna a Sofia

Sofia, 1952

Da Varna a Sofia, amor mio
lungo la strada tanti noci.
Odor d'alcanna, odor di verde.
Non è la strada ch'è fatta di noci
  o mio tesoro, noi siamo nei noci.
Sulla strada abbiam visto il cimitero
  di pietre nere
ci siamo avvicinati.
Un cimitero immenso.
Le lastre, cadaveri sparsi, lunghi distesi.
Le pietre, erte nella loro altezza, marciscono in piedi.
Il vento rode loro il cuore e poi se ne va.
Così, mia bella dagli occhi di falco, è la mia tristezza.
Che destino è mai questo!
Diventar polvere, terra immobile.
Una nostalgia amara
  un fumo nero, o mia bella,
che destino è mai questo!
Una tristezza così grande
  a questo punto, mia stella,
    non la conosco che io...

A Sofia

Sofia, 1952

Sono entrato a Sofia un giorno di primavera, amor mio
la tua città natale ha un profumo di tigli.

Percorro il mondo senza di te
tale è il mio destino
   che posso farci?

A Sofia, l'albero vien prima della pietra, è più bello
   della pietra.
A Sofia, l'albero e l'uomo si mescolano
   soprattutto il pioppo
   sembra che voglia entrar nella stanza
   a sedersi sul tappeto rosso.

Qui, quando viene la sera, tutti sciamano per le vie
donne, vecchi, giovani, bambini
risa, chiasso, mormorio, tumulto
   in lungo e in largo

fianco a fianco
a braccetto, la mano in mano.

A Istanbul, a Scehsadebasci, le sere di ramadan
- Munevver, non te ne puoi ricordare -
si passeggiava così, in altri tempi.

Quei tempi sono passati
se fossi adesso a Istanbul
nemmeno me ne ricorderei.

Ma lontano da Istanbul
tutto è pretesto per la nostalgia
anche il parlatorio
della prigione di Uskudar...

Sono entrato a Sofia un giorno di primavera, amor mio
la tua città natale ha un profumo di tigli.
La tua città natale è la casa accogliente
di un fratello
ma anche in casa del fratello
la propria non si scorda.

È un duro mestiere, l'esilio,
un duro mestiere...

Pioggia d'estate

Varsavia, 1954

Pioggia d'estate cade dentro di me
acini d'uva si schiacciano contro i miei vetri
gli occhi delle mie foglie sono abbagliati

pioggia d'estate cade dentro di me
piccioni d'argento volano dai miei tetti
la mia terra corre coi piedi nudi

pioggia d'estate cade dentro di me
una donna è scesa dal tram
i polpacci bianchi bagnati

pioggia d'estate cade dentro di me
senza rinfrescare la mia tristezza

pioggia d'estate cade dentro di me
all'improvviso e all'improvviso s'arresta
il peso dell'afa è rimasto dov'era
al termine delle grosse rotaie
        arrugginite.

I pesci

Mosca, 1955

Nuotano nel boccale, i pesci di corallo
nel boccale, in mezzo alle stelle,
com'è bizzarro, mia rosa, com'è bizzarro
la stupidità dei pesci di corallo
sanguina dalla ferita di tante canzoni.

Mosca, 1956

C'è un albero dentro di me
trapiantato dal sole
le sue foglie oscillano come pesci di fuoco
le sue foglie cantano come usignoli

è un pezzo che i viaggiatori sono scesi
dai razzi sul pianeta ch'è in me
parlano una lingua che ho udito in sogno
non ordini non vanterie non preghiere

in me c'è una strada bianca
le formiche passano coi semi di grano
i camion passano col chiasso delle feste
ma il carro funebre - è proibito - non può passare

in me il tempo rimane
come una rossa rosa odorosa
che oggi sia venerdì domani sabato
che il più di me sia passato che resti il meno
        non importa.

Bakù, 1957

La tristezza sulle mie spalle
è una camicia di tela da vela
lavata all'acqua di mare
  con una spazzola di ferro
sul ponte spazzato dal vento.
E in questo villaggio del sud, senza sosta né tregua,
il sole rosseggia e si gonfia di miele
sulle fanciulle e dentro le albicocche.

Bakù

Bakù, 1957

Durante la notte fino al mare pesante senza stelle
durante la notte nelle tenebre fitte
la città di Bakù è un campo di grano soleggiato
sono sulla collina
manciate di semi di luce mi colpiscono il viso
nell'aria una melodia orientale cola come le acque del Bosforo
sono sulla collina
e il mio cuore come una zattera
s'allontana sulla separazione infinita
va oltre i ricordi
fino al mare pesante senza stelle
nelle tenebre fitte.

Ora di Praga

Praga, 1957

Millenovecento cinquantasette, diciassette gennaio,
suonano le nove.
Il freddo soleggiato, sincero,
il freddo è rosa pallido
il freddo è celeste cielo.
I miei baffi rossi stanno per gelarsi.
La città di Praga è incisa su una coppa di vetro
        incisa con un diamante.
Risuonerebbe se la toccassi;
        striata d'oro, limpida e bianca.
Sono le nove sonanti
        a tutte le torri
                e al mio orologio da polso.
In questo minuto, in questo istante
        a Praga nessuno ha mentito
in questo minuto, in questo istante
        le donne hanno partorito
                senza doglie

e in tutte le strade
non è passata una sola bara.
In questo minuto, in questo istante
tutti i diagrammi sono saliti
- eccetto quelli dei malati -
in questo minuto, in questo istante
le donne eran tutte belle tutti gli uomini intelligenti
e i manichini di cera senza tristezza
in questo minuto, in questo istante
nelle scuole tutti i ragazzi han risposto
senza confondersi alle domande
in questo minuto, in questo istante
in tutte le stufe c'era carbone
tutti i termosifoni
erano caldi
e come sempre la Torre Nera dalla punta d'oro
in questo minuto, in questo istante
i ciechi han dimenticato la loro tenebra
e i gobbi la loro gobba
in questo minuto, in questo istante
non ho un solo nemico
nessuno può neanche immaginare
che i giorni passati potrebbero ritornare.

In questo minuto, in questo istante
Vastlav è sceso dal suo cavallo di bronzo
s'è mescolato alla folla
come uno sconosciuto
in questo minuto, in questo istante
mi amavi, mio amore,
come non hai mai amato nessuno
in questo momento, in questo istante
il freddo soleggiato, sincero,
il freddo è rosa pallido
il freddo è celeste cielo.
La città di Praga è incisa su una coppa di vetro
incisa con un diamante.
Risuonerebbe se la toccassi
striata d'oro, limpida e bianca.

Mosca, 1958

E muore e nasce a tutta forza
   albero stella uomo
   virus eccetera eccetera

un tumulto uno strepito
speranza malinconia
nostalgia
   e nasce e muore
   a tutto vapore.

Le piogge

Mosca, 1958

Al sole brillano coi loro lustrini coi fili d'argento
le piogge son biondi capelli di sposa fanciulla
la tranquillità delle tegole molli
        mi penetra a poco a poco.

Prima che bruci Parigi

Parigi, 1958

Finché ancora tempo, mio amore
e prima che bruci Parigi
finché ancora tempo, mio amore
finché il mio cuore è sul suo ramo
vorrei una notte di maggio
  una di queste notti
    sul lungosenna Voltaire
      baciarti nella bocca
e andando poi a Notre-Dame
  contempleremmo il suo rosone
e a un tratto serrandoti a me
  di gioia paura stupore
  piangeresti silenziosamente
e le stelle piangerebbero
mischiate alla pioggia fine.

Finché ancora tempo, mio amore
e prima che bruci Parigi

finché ancora tempo, mio amore
finché il mio cuore è sul suo ramo
in questa notte di maggio sul lungosenna
   sotto i salici, mia rosa, con te
   sotto i salici piangenti molli di pioggia
ti direi due parole le più ripetute a Parigi
   le più ripetute, le più sincere
   scoppierei di felicità
   fischietterei una canzone
   e crederemmo negli uomini.

In alto, le case di pietra
   senza incavi né gobbe
   appiccicate
coi loro muri al chiar di luna
e le loro finestre diritte che dormono in piedi
e sulla riva di fronte il Louvre
   illuminato dai proiettori
   illuminato da noi due
      il nostro splendido palazzo
         di cristallo.

Finché ancora tempo, mio amore
e prima che bruci Parigi
finché ancora tempo, mio amore
finché il mio cuore è sul suo ramo
in questa notte di maggio, lungo la Senna, nei depositi
   ci sièderemmo sui barili rossi
   di fronte al fiume scuro nella notte
per salutare la chiatta dalla cabina gialla che passa
- verso il Belgio o verso l'Olanda? -
davanti alla cabina una donna
   con un grembiule bianco
      sorride dolcemente.

Finché ancora tempo, mio amore
e prima che bruci Parigi
finché ancora tempo, mio amore.

Concerto in Ré minore N° 1 di J.S. Bach

Sofia, 1959

Mattino d'autunno nella vigna
  fila per fila ceppo per ceppo i ceppi si ripetono
    e i grappoli sui ceppi
    e gli acini sui grappoli
    e la luce sugli acini.

La notte nella casa grandissima e bianca
    una luce dentro ciascuna
    le finestre si ripetono

tutte le piogge che cadono si ripetono
    sul suolo sull'albero sul mare
    sulla mia mano il mio viso i miei occhi
    e le gocce si schiacciano sul vetro

rinnovamento dei miei giorni

simili gli uni agli altri
differenti gli uni dagli altri

ripetersi dei punti a maglia
ripetersi nel cielo stellato
in tutte le lingue ripetizione dei «t'amo»
e nelle foglie il rinnovamento dell'albero
e in ogni letto di morte il dolore
per la vita troppo breve

ripetersi della neve
che cade
della neve che cade leggera
della neve che cade a fiocchi
della neve che fuma come la nebbia
disperdendosi nella tempesta
che imperversa
ripetersi della neve che mi sbarra il cammino

i bambini giocano nel cortile
nel cortile giocano i bambini
una vecchia passa nella strada
nella strada una vecchia passa
passa una vecchia nella strada.

La notte nella casa grandissima e bianca
una luce dentro ciascuna
le finestre si ripetono
sui grappoli, rinnovamento di acini
sugli acini, la luce

camminare verso il giusto e il vero
combattere per il vero, il giusto
conquistare il giusto, il vero

le tue lagrime mute e il tuo sorriso, mio amore,
i tuoi singhiozzi i tuoi scoppi di risa, mio amore,
il ripetersi del tuo riso
dai denti bianchi
brillanti
il mattino d'autunno nella vigna

fila per fila nodo per nodo i ceppi si ripetono
  sui ceppi, i grappoli
  sui grappoli, gli acini
  sugli acini, la luce
  nella luce, il mio amore.

Il miracolo del rinnovamento, mio cuore,
è il non ripetersi del ripetersi.

Mosca, 1959

Ti amo come se mangiassi il pane spruzzandolo di sale
come se alzandomi la notte bruciante di febbre
  bevessi l'acqua con le labbra sul rubinetto
ti amo come guardo il pesante sacco della posta
  non so che cosa contenga e da chi
  pieno di gioia pieno di sospetto agitato
ti amo come se sorvolassi il mare per la prima volta in aereo
ti amo come qualche cosa che si muove in me
  quando il crepuscolo scende su Istanbul poco a poco
ti amo come se dicessi Dio sia lodato son vivo.

Stoccolma, 1960

La mia tavola la mia carta la mia macchina da scrivere
i miei abiti son tutti insanguinati
sono insanguinati i marciapiedi
delle città dove sono passato
le tracce delle mie mani sui muri sono di sangue
ho lacerato
la camicia sul petto
e il mio cuore lo stiamo divorando
con una femmina

scrivimi delle lettere telegrafami telefonami
dimmi vengo vengo vengo
morte dammi la saggezza.

Stoccolma, 1960

Sono cent'anni che non ho visto il suo viso
che non ho passato il braccio
attorno alla sua vita
che non mi son fermato nei suoi occhi
che non ho interrogato
la chiarità del suo pensiero
che non ho toccato
il calore del suo ventre

eravamo sullo stesso ramo insieme
  eravamo sullo stesso ramo
caduti dallo stesso ramo ci siamo separati
e tra noi il tempo è di cent'anni
  di cent'anni la strada
e da cent'anni nella penombra
  corro dietro a te.

Berlino, 1960

In questa stagione calda penso a te
la tua nudità il tuo collo il tuo polso
il tuo piede sdraiato sul divano
  come una rondine bianca
quello che mi dicevi

in questa stagione calda penso a te
non so che cosa penso di più
quello che vedevo con gli occhi
  il tuo collo il tuo polso il tuo piede nudo
oppure quello che mi dicevi
  donandoti a me

in questo calore giallo penso a te
in questo calore giallo in una stanza d'albergo
  pensando a te
    mi spoglio della mia solitudine
della mia solitudine che somiglia alla morte.

Caucaso, 1960

Sono sceso dal nord un pomeriggio in questo paese delle
montagne del sud
vicino a me c'era una donna giovane e bianca
con gli occhi tracciati sul viso come un orizzonte azzurro
con i capelli lisci color del fieno
sono sceso dal nord un pomeriggio in questo paese delle
montagne del sud
queste montagne vivevano con gli uomini le vacche i camion
col suolo le mele le querce gli abeti e già
con i capelli color del fieno
con la donna che è con me
con le tigri e le trote
queste montagne eran coperte di neve soleggiata di rosso di
verde scuro
queste montagne vivevano nelle pagine dei quaderni di scuola
nei sanatori nei magazzini di Stato
nell'asfalto che serpeggia nei ponti di legno
queste montagne vivevano nel sangue delle capre selvatiche

in fondo ai laghi
e adesso c'è una donna
una donna dagli occhi tracciati sul viso come un orizzonte
azzurro
e io so già che quell'orizzonte azzurro soltanto
resterà nel ricordo di quelle montagne.

Mosca, 1960

Nel cortile c'è neve fino al ginocchio
cade a fiocchi
cade da stamattina senza riuscire a frenarsi
siamo in cucina
sulla tela cerata del tavolo è la primavera
sulla tela cerata c'è un cetriolino fresco
ha il fiore al naso
è tutto picchiettato
siamo seduti attorno a lui lo guardiamo
siamo stupiti
  pensosi
    ottimisti
sentiamo qualche cosa come se fossimo in sogno
sulla tela cerata c'è la speranza
sulla tela cerata c'è la bella giornata
un cielo carico di sole verde
una folla di smeraldi impaziente agitata
gli amori che debbono esplodere

sulla tela cerata c'è un cetriolino fresco
ha il fiore al naso
è tutto picchiettato
nel cortile c'è neve fino al ginocchio
cade a fiocchi
cade da stamattina senza riuscire a frenarsi.

Roma, 1960

Quante donne belle ci sono al mondo
quante belle ragazze
s'affacciano sulle terrazze della città

contemplale vecchio
contemplale e mentre da un canto i tuoi versi
si fanno più tersi e lucenti

dall'altro
devi contrattare cercando di tirarla in lungo
con la morte che ti sta accanto.

Roma, 1960

La tua anima è un fiume, mio amore
scorre in alto tra le montagne
tra le montagne verso la piana
verso la piana senza poterla raggiungere
senza raggiungere il sonno dei salici piangenti
la quiete dei larghi archi di ponte
dell'erbe acquatiche dell'anatre dalla testa verde
senza raggiungere la dolcezza triste delle superfici piane
senza raggiungere i campi di grano al chiaro di luna
scorre verso la piana
scorre in alto tra le montagne
tirandosi dietro le nubi che si fondono e si separano
portandosi di notte le grosse stelle
le stelle delle cime delle montagne
il sole azzurro delle nevi delle montagne
scorre schiumeggiando mescolando nel fondo le pietre nere
con quelle bianche
scorre coi suoi pesci che nuotano contro corrente

vigili nelle curve
s'inabissa e s'inalbera
pazza del proprio fragore
scorre in alto tra le montagne
tra le montagne verso la piana
verso la piana inseguendola
senza poterla raggiungere.

Varsavia, 1960

La mia donna è venuta con me fino a Brest
è scesa dal treno è rimasta sul marciapiede
si è fatta più piccola più piccola più piccola
un seme di grano nell'azzurro infinito
poi, eccetto i binari, non ho visto più niente.

E poi mi ha chiamato, dalla terra polacca non potevo
rispondere
non potevo chiederle dove sei, mia rosa, dove sei
mi ha detto vieni ma non potevo andare da lei
il treno correva come se non dovesse fermarsi mai più
soffocavo dalla tristezza.

E poi sulla terra i pezzi di neve si scioglievano
e a un tratto ho capito che la mia donna mi vedeva
mi chiedeva mi pensi ancora mi pensi ancora
mentre la primavera camminava coi nudi piedi fangosi sul
cielo

e le stelle scendevano a posarsi sui fili del telegrafo
e l'oscurità batteva come pioggia sul treno
la mia donna restava in piedi sui pali del telegrafo
il suo cuore batteva - tac tac - come se stesse fra le mie braccia
i pali si muovevano e passavano ma lei non si muoveva da lì
il treno correva come se non dovesse fermarsi mai più
soffocavo dalla tristezza.

E poi ho capito che da anni da lunghi anni stavo in quel treno
ma come l'ho capito e perché mi stupisce ancora
come cantando la grande canzone della speranza
m'allontano dalle città dalle donne amate
porto la nostalgia di loro come ferita che non rimargina nella mia carne
ma cammino sempre per avvicinarmi in qualche luogo a qualcosa.

Varsavia, 1960

Durante tutto il viaggio la nostalgia non si è separata da me
non dico che fosse come la mia ombra
        mi stava accanto anche nel buio
non dico che fosse come le mie mani e i miei piedi
        quando si dorme si perdono le mani e i piedi
e io non perdevo la nostalgia nemmeno durante il sonno

durante tutto il viaggio la nostalgia non si è separata da me
non dico che fosse fame o sete o desiderio
        del fresco nell'afa o del caldo nel gelo
era qualcosa che non può giungere a sazietà
non era gioia o tristezza non era legata
        alle città alle nuvole alle canzoni ai ricordi
era in me e fuori di me

durante tutto il viaggio la nostalgia non si è separata da me
e del viaggio nulla mi resta se non quella nostalgia.

Il crepuscolo del mattino

Mosca, 1960

Nel crepuscolo del mattino i pali telegrafici
la strada
nel crepuscolo del mattino l'armadio con lo specchio che
luccica
la tavola
le pantofole
gli oggetti si vedono l'un l'altro e si riconoscono

nella nostra stanza il crepuscolo del mattino si fa chiaro come
una vela
nella nostra stanza la freschezza azzurra è un'onda di brillanti
le stelle sbiancano nella nostra stanza

molto lontano in fondo al ruscello ch'è in cielo
le pietre si bagnano

la testa della mia rosa è sul guanciale
la sua testa è sul guanciale di piume infinitamente largo

le sue mani sulla coperta come tulipani bianchi
nei suoi capelli gli uccelli cominciano a cantare

nel crepuscolo del mattino la città coi suoi alberi le sue
ciminiere
nel crepuscolo del mattino gli alberi sono umidi le ciminiere
tiepide
nel crepuscolo del mattino carezzando l'asfalto
i primi passi attraversano la nostra stanza
e il primo rombo di motore
il primo scoppio di risa
la prima imprecazione
il primo vapore del carretto delle frittelle
e l'autista con gli stivali che entra nella latteria
il bambino dei vicini che piange
la colomba del manifesto azzurro
il manichino che sta in vetrina
con le scarpine gialle
e i ventagli cinesi di legno di sandalo
e la bocca rossa della mia amata
il più fresco il più felice di tutti i risvegli
passa per la nostra stanza nel crepuscolo del mattino

nel crepuscolo del mattino apro la radio
i metalli dai nomi di giganti si mescolano a cifre giganti
i pozzi di petrolio fanno a gara coi campi di granoturco
e il pastore decorato con la medaglia di Lenin
- ho visto la sua fotografia in prima pagina
ha dei baffi neri pesanti che cadono in giù -
parla schermendosi come una fanciulla
poi si passa alle notizie del polo
e stamane alle sei
mentre il terzo sputnik compie l'8879° giro attorno alla terra
si aprono sul guanciale gli occhi grandissimi della mia rosa
sono ancora come laghi montani nella foschìa
vi guizzano pesci azzurri
traspaiono pigne verdi nel fondo
guardano profondamente diritto
la fine del loro sogno scintillante nel crepuscolo
m'illumino
mi vedo e mi riconosco di nuovo

ho un po' di vergogna
ma solo un poco
al mattino il crepuscolo nella nostra stanza
è come una vela pronta per il viaggio
come una vela chiara
la mia amata esce dal letto
nuda come un'albicocca
il letto nel crepuscolo del mattino
   è bianco come la colomba del manifesto.

Mosca, 1960

I miei giorni son fette di melone
   profumato di vita
      grazie a te
i frutti si protendono verso la mia mano
   come se fossi il sole
      grazie a te
grazie a te
succhierò solo il miele della speranza
anche le mie serate più solitarie sorridono
   come un tappeto d'Anatolia
      appeso sulla parete
         grazie a te
al termine della mia strada che non entra in città
   mi sono riposato in un giardino di rose
      grazie a te
grazie a te
non lascio entrare la morte vestita di veli molli
che bussa alla mia porta cantando le sue canzoni
   e invitandomi al gran riposo.

Berlino, 1961

Nelle mie braccia tutta nuda
  la città la sera e tu
il tuo chiarore l'odore dei tuoi capelli
  si riflettono sul mio viso.

Di chi è questo cuore che batte
  più forte delle voci e dell'ansito?
è tuo è della città è della notte
  o forse è il mio cuore che batte forte?

Dove finisce la notte
  dove comincia la città?
dove finisce la città dove cominci tu?
  dove comincio e finisco io stesso?

Berlino, 1961

Anche questa mattina mi sono svegliato
e il muro la coperta i vetri la plastica il legno
si son buttati addosso a me alla rinfusa
e la luce d'argento annerito della lampada

mi si è buttato addosso anche un biglietto di tram
e il giallo della parete e tre righe di scritto
e la camera d'albergo e questo paese nemico
e la metà del sogno caduta da questo lato s'è spenta

mi si è buttata addosso la fronte bianca del tempo
e i ricordi più vecchi e la tua assenza nel letto
e la nostra separazione e quello che siamo

mi sono svegliato anche questa mattina
        e ti amo.

Berlino, 1961

Ciò che ho scritto di noi è tutta una bugia
è la mia nostalgia
  cresciuta sul ramo inaccessibile
è la mia sete
  tirata su dal pozzo dei miei sogni
è il disegno
  tracciato su un raggio di sole

ciò che ho scritto di noi è tutta verità
è la tua grazia
  cesta colma di frutti rovesciata sull'erba
è la tua assenza
  quando divento l'ultima luce all'ultimo angolo della via
è la mia gelosia
  quando corro di notte fra i treni con gli occhi bendati
è la mia felicità
  fiume soleggiato che irrompe sulle dighe

ciò che ho scritto di noi è tutta una bugia
ciò che ho scritto di noi è tutta verità.

Mosca, 1961

L'assenza dondola nell'aria come un batacchio di ferro
martella il mio viso martella
ne sono stordito

corro via l'assenza m'insegue
non posso sfuggirle
le gambe si piegano cado

l'assenza non è tempo né strada
l'assenza è un ponte fra noi
più sottile di un capello più affilato di una spada

più sottile di un capello più affilato di una spada
l'assenza è un ponte fra noi
anche quando
di fronte l'uno all'altra i nostri ginocchi si toccano.

Mosca, 1961

Le sedie dormono in piedi
  anche il tavolo
il tappeto sdraiato sul dorso
  ha chiuso gli arabeschi
lo specchio dorme
gli occhi delle finestre sono chiusi
il balcone dorme
  con le gambe penzolanti nel vuoto
i camini sul tetto dirimpetto dormono
  sui marciapiedi dormono le acacie
la nuvola dorme
  stringendosi al petto una stella
in casa fuori di casa dorme la luce

ma tu ti sei svegliata
mia rosa
le sedie si sono svegliate
si precipitano da un angolo all'altro anche il tavolo

il tappeto si è messo a sedere
  gli arabeschi hanno aperto i petali
lo specchio si è risvegliato come un lago all'aurora
le finestre hanno spalancato
  immensi occhi azzurri
il balcone si è risvegliato
  ha tirato su dal vuoto le gambe
i camini dirimpetto si son messi a fumare
le acacie han cominciato a chiacchierare
  sui marciapiedi
la nuvola si è svegliata
ha lanciato la sua stella nella nostra stanza
in casa fuori di casa la luce si è risvegliata
  si è versata sui tuoi capelli
  è colata tra le tue palme
ha cinto la tua vita nuda i tuoi piedi bianchi.

Cracovia, 1961

Non ci sei più
una delle più belle città del mondo è spopolata
spopolata come il guanto dal quale hai tolta la mano
è spenta come si spengono gli specchi che non ti vedono più
la Voltava cola sotto i ponti come le sere perdute
le vie sono vuote
su tutte le finestre sono abbassate le tende
i tram che passano sono vuoti
  non c'è nemmeno il conduttore e il controllore
i caffè sono vuoti
  i ristoranti e anche i bar
le vetrine son vuote
  né stoffe né cristalli né carni né vino
    nemmeno un libro
      o una scatola di cioccolatini
        nemmeno un garofano

Nella solitudine che avvolge la città come nebbia
un vecchio, per scuotere la tristezza degli anni

che la solitudine moltiplica
dal ponte dei legionari getta il pane ai gabbiani
inzuppando ogni mollica
  nel sangue del suo cuore
del suo cuore più giovane di quanto vorrebbe natura.

Cracovia, 1961

Sei la mia ebbrezza
la mia ebbrezza non è passata
   non posso farmela passare
      non voglio farmela passare

la mia testa pesante
   i miei ginocchi scorticati
      i miei stracci inzaccherati

vado verso la luce che brilla e che si spegne
   titubando cadendo rialzandomi.

Cracovia, 1961

Senza nessuna ragione qualcosa si rompe in me
  e mi chiude la gola
senza nessuna ragione sobbalzo ad un tratto
  lasciando a mezzo lo scritto
senza nessuna ragione nella hall di un albergo
  sogno in piedi
senza nessuna ragione l'albero sul marciapiede
  mi batte in fronte

senza nessuna ragione un lupo urla alla luna
  iroso infelice affamato
senza nessuna ragione le stelle scendono a dondolarsi
  sull'altalena del giardino
senza nessuna ragione vedo come sarò nella tomba
senza nessuna ragione nebbia e sole nella mia testa
senza nessuna ragione mi attacco al giorno che inizia
  come se non dovesse finire mai più
e ogni volta sei tu
  che sali dalle acque.

Mosca, 1961

Le sei del mattino.
Ho aperto la porta del giorno ci sono entrato
ho assaporato
l'azzurro nuovo nelle finestre
le rughe della mia fronte di ieri
sono rimaste sullo specchio

sulla mia nuca una voce di donna
tenera peluria di pesca
e le notizie del mio paese alla radio

vorrei correre d'albero in albero
nel frutteto delle ore

verrà il tramonto, mia rosa
e al di là della notte
mi aspetterà
spero
il sapore di un nuovo azzurro.

L'albero di Natale

Tallinn, dicembre 1961

A sud del golfo di Finlandia la notte
vicino al mare brumoso
l'albero di Natale scintilla
tra oscure torri gotiche
corazze di cavalieri teutoni
e ciminiere di fabbriche
l'albero di Natale
l'albero di Natale canta
sulla piazza bianca di neve
canzoni dell'Estonia
lunghissimo scintillante
pagliuzzato d'oro
l'albero di Natale

tu sei nella palla di vetro rosso
i tuoi capelli son paglia gialla le ciglia azzurre

sono io che l'ho appesa
    mettendotici dentro
il tuo collo bianco è lungo e rotondo
ti ho messa nella palla di vetro rosso
    con i miei dubbi
        con le mie ansietà con le mie parole
            le mie speranze le mie carezze
a tutti gli alberi di Natale a tutti gli alberi
a tutti i balconi le finestre i chiodi le nostalgie
ho appeso la palla di vetro rosso
    mettendotici dentro
        perdonami
            morirò lasciandoti lì

l'Estonia è lo Stato socialista più piccolo
il paese dove si leggono più poesie a testa
dove si beve più vodka
il più pieno d'automobili e motociclette
celebre per le sue pellicce e i suoi mobili
per il suo coro di trentamila persone

non posso guardare negli occhi chi giace
    sul suo letto di morte
mi sembra una vergogna vivere
    con uno che agonizza
        al mio fianco
Lucia sta morendo in un ospedale di Mosca
    Viale degli Entusiasti
        non so più che numero
il suo viso somiglia a un vecchio cucchiaio di legno
il buio della sera si mescola
    alla neve che fonde
i camion passano uno dietro l'altro
    scuotendo l'asfalto
è la tristezza ch'emana Lucia
    che mi fa corrugare la fronte
oppure è l'avvicinarsi
    della mia propria morte non so

l'albero di Natale canta
    su una piazza bianca di neve

canzoni dell'Estonia
lunghissimo scintillante
pagliuzzato d'oro
perdonami
morirò lasciandoti nella palla di vetro rosso
in questo mondo vive una cosa unica
che non ha pari
me ne accorgo io soltanto
forse una pianta una bestia una parola un metallo
un raggio una gioia forse
forse caduta da una stella
in questo mondo vive una cosa vive per te
ma tu non te ne accorgi
morirò perdonami morirò
e tu uscirai spezzandola
dalla palla di vetro rosso
scenderai su una piazza
bianca di neve
sarà forse a Mosca o a Tallinn
o a Leningrado
che da un albero di Natale
scenderai su una piazza
bianca di neve
ma io
avrò portato via con me
ciò che vive per te in questo mondo

Lucia muore
il viso come un vecchio cucchiaio di legno
è assurdo quelli che dovrebbero
morire dopo di me
muoiono prima di me
dopo le grandi guerre la morte ha perso la testa
completamente
i camion passano scuotendo l'asfalto
del Viale degli Entusiasti
sui manifesti le cifre dell'anno '65
carbone tante tonnellate
petrolio tanto
tessuti tanti chilometri
su una piazza bianca di neve

l'albero di Natale canta
canzoni dell'Estonia
tra oscure torri gotiche
e ciminiere di fabbriche.

Foglie morte

Lipsia, settembre 1961

Veder cadere le foglie mi lacera dentro
soprattutto le foglie dei viali
soprattutto se sono ippocastani
soprattutto se passano dei bimbi
soprattutto se il cielo è sereno
soprattutto se ho avuto, quel giorno,
  una buona notizia
soprattutto se il cuore, quel giorno,
  non mi fa male
soprattutto se credo, quel giorno,
  che quella che amo mi ami
soprattutto se quel giorno
  mi sento d'accordo
  con gli uomini e con me stesso
veder cadere le foglie mi lacera dentro
soprattutto le foglie dei viali
dei viali d'ippocastani.

Oka

Mosca, settembre 1961

Centodieci chilometri a oriente di Mosca
ho appreso dal fiume Oka il canto argentato dei fiumi
la grandezza di scorrere senza sosta e riposo
il richiamo dei lumi
caduti in acqua dalle barche lontane

ho appreso dal fiume Oka la cara follia
delle mie nostalgie

nelle notti d'estate il fiume Oka
con le sue sabbie fini e le sue madreperle
per lavare un corpo bianco di donna
è venuto a scorrere nella mia stanza
attraverso i grossi tronchi d'abete

nelle notti d'estate le foglie del tempo
non son cadute dai loro rami
e senza partire di qui sono andato
a visitare un paese
il cui nome finora m'è ignoto.

Notturno in tram a Berlino

Berlino, ottobre 1961

La vecchiaia la solitudine e io e poi una malinconia tutti
e quattro camminiamo fianco a fianco senza parlarci

ciascuno cammina solo ma siamo l'uno a fianco dell'altro

che cosa non avremmo dato gli uni e gli altri per non sentire
il rumore dei passi gli uni degli altri

dentro di noi abbiamo pietà imprechiamo gli uni contro gli
altri ma ci amiamo perché non crediamo gli uni negli altri

che cosa non avremmo dato per arrivare a un incrocio e infi-
lare presto quattro strade diverse ma non so se uno di noi
morisse se quelli che restano sarebbero contenti

la vecchiaia la solitudine e io e poi una malinconia tutti e quattro camminiamo fianco a fianco

la notte prendiamo il tram i tram che non sappiamo dove vadano

la notte i tram puliti larghi a tre vagoni ci portano in qualche luogo con stridori sferragliamenti

a un tratto si levano davanti a noi dei muri bruciati e sotto il riverbero dei lampioni marciano diritti e testardi verso di noi

delle finestre appaiono davanti a noi e vengono in folla verso di noi schiacciandosi l'una con l'altra

finestre che non hanno né vetri né infissi che non sono finestre delle stanze degli uomini ma finestre del vuoto

passiamo davanti alle porte senza battenti le porte che aprono su nulla

sui marciapiedi degli uomini con tre punti sopra il bracciale aspettano il tram

sono appoggiati sui loro bastoni dalle punte di gomma

non so se tutti i muti sono anche dei sordi ma certo la maggior parte dei ciechi sono dei ciechi con gli occhi aperti e le luci dei tram cadono nei loro occhi aperti ma loro non si rendono conto che la luce cade nei loro occhi

vecchie bigliettaie stanche fanno salire i ciechi sui tram

donne che mi avete guidato teneramente tenendomi per mano

a quasi tutte voi non ho dato che qualche poesia e forse un po' di tristezza

sono grato a voi tutte

traversiamo le tenebre degli spiazzi vuoti dove crescono ciuffi d'erbacce

i tram traversano le piazze i cui palazzi barocchi sono distrutti

e le pietre bruciate spezzate si somigliano talmente che la testa ci gira e giriamo in tondo

questa città è tutta bucata perché ha mandato i suoi soldati a distruggere altre città

ho visto città rase al suolo avevano mandato i loro soldati a distruggere altre città e i soldati delle altre città le avevano rase al suolo

ho visto città che preparano i loro soldati per mandarli a distruggere altre città ed essere distrutte esse stesse

dei violinisti salgono in tram con le scatole dei violini sotto il braccio e i loro lunghi capelli tristi non riescono a nascondere la loro calvizie

questo agosto è forse l'ultimo agosto del mondo ha chiesto uno dei violinisti alla bigliettaia in una lingua che non conosco sulle piattaforme dei tram ci sono dei giovani in collera

credo ch'essi stessi non sappiano perché e contro chi sono in collera

che ora sarà adesso all'Avana amore mio sarà notte o giorno

le ragazze scendono dai tram

le loro gambe sono abbastanza ben fatte

senza fare un gesto seduto dove sono le seguo e sotto il ponte di pietra sento vicinissimo al mio viso il calore delle loro bocche e volto la testa e una giovane donna mi tocca la spalla senza ch'io sappia dov'è i suoi capelli son paglia d'oro le sue ciglia azzurre

il suo collo bianco è lungo e rotondo

alle fermate vecchie donne terribili con cappelli di
paglia nera traversano le rotaie tenendosi per mano

l'uomo seduto alla mia destra s'è inabissato dentro se stesso
s'è perduto dentro se stesso

è così lo so è così che la vecchiaia comincia

tuttavia non è in mio potere non cadere nelle onde tristi

così comincia la vecchiaia

l'uomo seduto alla mia destra è caduto ancora nelle onde tristi

alla porta del deposito siamo scesi dall'ultimo tram

rientriamo a piedi

tutti e quattro

la vecchiaia la solitudine e io e poi una malinconia

quando arriviamo all'albergo il sole comincia a spuntare

nella nostra stanza apriamo la radio

parla dei vascelli cosmici.

Mosca, 1962

Nei palloni rossi gialli verdi i gridi dei bambini e il sole
il cielo con le sue luci azzurre
chi potrà dire
la mia storia finirà così

sono entrato nella stagione delle piogge
  nella stagione dei versi tristi
senti qualcosa non viene da me
le parole rimangono ferme
  tra noi senza raggiungerci

nei palloni rossi gialli verdi i gridi dei bambini e il sole
stanchi e senza parole contempliamo le nostre parole.

Mosca, 1962

Mi sono spogliato dell'idea della morte
ho infilato il fogliame di giugno dei viali
quello di maggio era un po' giovanile per me

tutta un'estate mi attende tutta un'estate in città
  con le sue pietre il suo asfalto fuso
  le sue gazzose il suo ghiaccio
  le sue sale di cinema sudate
  gli attori di provincia dalla voce rotonda
con i suoi tassì che spariscono
nei grandi giorni delle partite
  con i suoi alberi nel parco dell'Hermitage
  che sembran quinte di carta
  sotto la luce delle lampade
forse con le canzoni messicane o i tamtam del Ghana
con le poesie che leggerò al balcone
e con i tuoi capelli un po' accorciati

tutta un'estate di città mi attende
ho infilato il fogliame di giugno dei viali
mi sono spogliato dell'idea della morte.

Mosca, 1962

Sotto la pioggia camminava la primavera
  con i suoi piedi esili e lunghi sull'asfalto di Mosca
chiusa tra gli pneumatici i motori le stoffe le pelli
il mio cardiogramma era pessimo quel giorno
quel che si attende verrà in un'ora inattesa
  verrà tutto solo
  senza condurre con sé
  coloro che già partirono
suonavano il primo concerto di Ciaikovski sotto la pioggia
salirai le scale senza di me
un garofano sta all'ultimo piano della casa al balcone
sotto la pioggia camminava la primavera
  con i suoi piedi esili e lunghi sull'asfalto di Mosca
ti sei seduta di fronte a me non mi vedi
sorridi a una tristezza che fuma lontano
la primavera ti porta via da me ti conduce altrove
e un giorno non tornerai più ti perderai nella pioggia.

Mosca, 1962

Ti sei stancata di portare il mio peso
ti sei stancata delle mie mani
dei miei occhi della mia ombra

le mie parole erano incendi
le mie parole eran pozzi profondi

verrà un giorno un giorno improvvisamente
sentirai dentro di te
le orme dei miei passi
che si allontanano

e quel peso sarà il più grave.

UNO STRANO VIAGGIO

L'Avana, 1962

All'alba, tutt'a un tratto, l'espresso
entrò nella stazione, coperto di neve.
Stavo sul marciapiede, col bavero del cappotto rialzato,
e non c'era nessuno, sul marciapiede, all'infuori di me.
Un finestrino del vagone letto mi si fermò davanti
con le tendine scostate.
Nella penombra, sulla cuccetta bassa, dormiva una giovane
donna
aveva i capelli di fieno biondo, le ciglia azzurre
le labbra rosse e piene lievemente imbronciate.
Non vedevo, dal marciapiede,
chi dormisse nella cuccetta più in alto.
Di sorpresa, senza rumore, l'espresso
partì dalla stazione.
Non so da dove venisse, né dove fosse diretto.
Lo guardai che s'allontanava.
Nella cuccetta di su, sono io stesso
che dormo

a Varsavia, Hotel Bristol:
da anni non m'ero immerso in un sonno così profondo.
Eppure il mio letto è stretto, è di legno.
Sull'altro letto dorme una giovane donna
dai capelli di fieno biondo, dai cigli azzurri
e il suo collo rotondo è lungo e bianco:
da anni non s'era immersa in un sonno così profondo.
Eppure il suo letto è stretto, è di legno.
Il tempo avanza, rapido; ci avviciniamo al mezzo delle notti.
Da anni non c'eravamo immersi in sonni così profondi.
Eppure i letti sono stretti, sono di legno.

Scendo giù per le scale, dal quarto piano;
di nuovo, l'ascensore è guasto.
Scendo giù per le scale, negli specchi.
Quanti anni ho? Forse venti? Forse cento?
Il tempo avanza, rapido; m'avvicino al mezzo delle notti.
Al terzo piano, oltre una porta, una donna sta ridendo.
Lentamente, assai lentamente, una rosa triste si spampana
alla mia destra.
Al secondo piano, ho incontrato una ballerina cubana
nelle finestre bianche di neve:
è passata sulla mia fronte come una fiamma fresca e bruna.
Già da molto il poeta Guillen è rientrato all'Avana.
Per anni, nei vestiboli degli alberghi d'Asia e d'Europa,
seduti di fronte abbiam bevuto a sorsi la nostalgia delle
nostre città.
Due cose non si dimenticano fino alla morte
il viso di nostra madre e il viso della nostra città.
Come vecchi caicchi dalle gòmene sciolte
all'alba, nell'inverno, ondeggiano al vento i balconi di legno;
la mia grande Istanbul si risveglia
dalle ceneri di un braciere
di lamiere di ferro.
Due cose non si dimenticano fino alla morte.

Il portiere, nel suo pastrano inzuppato di notte, mi
riaccompagna.
Ho camminato nel vento che soffiava gelido
ho camminato nelle luci di neon.
Il tempo passava, rapido, mi avvicinavo al mezzo delle notti.

D'improvviso, sorsero davanti a me.
Era chiaro come di giorno, là dov'erano, ma nessun altro li vide se non io.
Era una squadra.
Avevano stivali, pantaloni, uniformi
avevan delle braccia e sulle braccia le croci uncinate
delle mani e nelle mani i fucili mitragliatori.
Avevano delle spalle, e gli elmetti,
ma non avevano testa.
Tra le spalle e gli elmetti, era vuoto.
Avevano i colletti, e la nuca,
ma non avevano testa.
Eran di quei soldati di cui non si piange la morte.
Camminavano.
Era chiaro che avevan paura, ciecamente paura.
Si vedeva dai loro stivali.
La paura, si può vederla dagli stivali?
In loro, si vedeva.
Avevano paura, bestialmente paura,
e per paura si misero a tirare senza sosta né fine
su tutti gli edifici su tutti i veicoli su tutto ciò ch'era vivo
su tutte le voci su tutte le luci tiravano all'impazzata.
In via Chopin, fecero fuoco persino contro l'insegna dal pesce blu.
Ma non cadeva un calcinaccio, né un vetro si spezzava
e il sibilo delle pallottole, lo udivo soltanto io.
I morti, anche se sono una squadra di S.S., i morti non possono uccidere
con le pallottole la lama o il veleno.
Se rivivono, i morti portano la rovina
  entrando nella mela come dei vermi.
I morti, anche se sono una squadra di S.S., i morti non possono uccidere.
Ma si vedeva bene che avevan paura, follemente paura.
Questa città, non era forse stata distrutta
  prima che fossero distrutti essi stessi?
Questa città, le ossa infrante una a una, non era già fatta a pezzi?
Non avevan fatto rilegature della sua pelle, sapone del suo grasso
  e dei suoi capelli coperte?

Ma adesso si ergeva di fronte a loro nella notte, nel vento
gelato,
come una pagnotta calda uscita dal forno.
Il tempo avanzava, rapido, mi avvicinavo al mezzo delle notti.

Sulla strada del Belvedere mi misi a pensare ai polacchi:
danzano una mazurka eroica
lungo tutta la loro storia.
Sulla strada del Belvedere mi misi a pensare ai polacchi.
È in questo palazzo che mi concessero la mia prima
e forse la mia ultima decorazione.
Il maestro di cerimonie spalancò la porta bianca e dorata
entrai nel salone grande con una giovane donna
dai capelli di fieno biondo, dai cigli azzurri.
Anzi non c'era nessuno se non noi due
e gli acquarelli e le poltroncine fragili e i canapè
da casa di bambola;
e forse a motivo di questo, tu
tu eri un'immagine tracciata in azzurro pallido, forse una
bambola
forse una goccia di luce caduta dal sogno sul mio seno sinistro.
Dormivi nella penombra, nella cuccetta più in basso:
il tuo collo era lungo e rotondo.
Da anni non t'eri immersa in sonni così profondi.
Ecco il bar «Capriccio» a Cracovia;
il tempo avanza, ci avviciniamo al mezzo delle notti.
La separazione era sul tavolo, tra la tazzina di caffè
e la mia limonata;
sei tu che ce l'hai messa.
Era l'acqua, in fondo a un pozzo di pietra:
guardo curvandomi in giù
una bocca sorride dolcemente alle nuvole.
Ti chiamo.
Ma siccome ti ho persa, l'eco della mia voce ritorna.
La separazione era sul tavolo, nel pacco di sigarette;
il cameriere con gli occhiali l'ha messa lì ma sei tu che l'avevi
ordinata:
una voluta di fumo è in fondo ai tuoi occhi
in cima alla sigaretta
nell'incavo della tua mano pronta a dare l'addio.
La separazione era sul tavolo nel punto dove appoggi il gomito

in quello che ti passava per la testa
in quello che mi dicevi e in quello che non mi dicevi
era nella tua serenità nella tua fiducia in me
nella tua grande paura.
Innamorarsi a un tratto come se la tua porta si spalancasse di
colpo.
Eppure son io che tu ami ma tu non lo sai
e in questo tuo non saperlo
era la separazione.
La separazione sfuggiva alla gravità, non aveva peso
non posso dire che fosse come una piuma, anche una piuma
ha il suo peso
la separazione non aveva peso, era lì.

Il tempo avanza, rapido, il mezzo delle notti viene verso di noi.
Camminiamo nel buio delle muraglie medioevali che toccan
le stelle.
Il tempo scorre rapido, a ritroso.
L'eco del risuonare dei nostri passi c'insegue come una muta
di cani
gialli e famelici che corrano davanti a noi.
Il demonio fa un giro attorno all'università
degli Jagelloni, affondando le unghie nelle pietre:
cerca di fare a pezzi l'astrolabio di Copernico
ereditato dagli arabi;
e sulla piazza, sotto gli archi del mercato dei pannaioli, danza
il rock'n roll con gli studenti dell'università cattolica.
Il tempo avanza, rapido, ci avviciniamo al mezzo delle notti.
Sulle nuvole si riflette il rosso delle officine di Nova-Huta;
là i giovani operai venuti dai villaggi, versano col metallo
la loro anima a piena fiamma negli stampi.
La fusione delle anime è mille volte più difficile
di quella dei metalli.
L'araldo che dà le ore sul campanile della chiesa alla Vergine
ha scandito la mezzanotte;
il suo grido, venuto dal medioevo, risuona,
annuncia che il nemico si avvicina alle mura
poi tace all'improvviso
con la freccia piantata nella gola.
L'araldo muore, la pace sia con lui.
Grande è il dolore di chi vede il nemico

avvicinarsi, ed è ucciso
prima di poter dare l'allarme.
Il tempo avanza rapido, e il mezzo della notte resta indietro
come un molo le cui luci si siano spente.

A un tratto, all'alba, l'espresso entra nella stazione.
Praga era nella pioggia
cofano incrostato d'argento sul fondo di un lago.
Ne sollevai il coperchio.
Dentro vi dorme una giovane donna, tra uccelli di cristallo
i suoi capelli son di fieno biondo, le sue ciglia azzurre,
le labbra rosse e piene lievemente imbronciate.
Da anni non s'era immersa in un sonno così profondo.
Richiusi il cofano, lo caricai sul furgone.
All'improvviso, senza rumore, l'espresso si mise in moto;
lo guardai che s'allontanava, le braccia penzoloni.
Praga era nella pioggia.
Vorrei riacchiappare il tempo:
la polvere dorata della sua corsa mi resta fra le dita.
Nel vagone letto, una donna dorme nella cuccetta più in basso;
da anni non s'era immersa in un sonno così profondo.
I suoi capelli son fieno biondo, le ciglia azzurre,
e le mani, le mani sembrano candele su candelieri d'argento.
Non potevo vedere chi dormisse nella cuccetta più in alto
  se c'è qualcuno non sono io
può darsi che la cuccetta di su sia vuota
  che il viaggiatore sia rimasto a Mosca.
Vorrei riacchiappare il tempo:
la polvere dorata della sua corsa mi resta fra le dita.

La nebbia ha ricoperto la terra di Polonia
  ha ricoperto anche Brest.
Sono due giorni che gli aeroplani non possono
  né decollare né atterrare;
ma i treni vanno e vengono passano attraverso gli occhi
  dalle pupille accecate.
Nel vagone ristorante ho bevuto un latte acido che si chiama kefir.
La cameriera mi ha riconosciuto
ha visto due mie commedie in un teatro di Mosca.

Alla stazione ero atteso da una giovane donna
aveva i capelli di fieno biondo, le ciglia azzurre
e il collo lungo e rotondo
e la vita sottile come quella di una formica.
La presi per mano e andammo.
Andammo sotto il sole facendo crepitare la neve
   sotto i nostri passi.
Quell'anno, la primavera era venuta più presto;
in quei giorni, un messaggero era partito per Venere;
Mosca era felice, io ero felice, eravamo felici.

Ti ho persa a un tratto in piazza Mayakovski, all'improvviso
                                                                ti ho persa,
eppure non era all'improvviso: avevo già perso il calore
   della tua mano nella mia mano
poi ho perso il dolce peso della tua mano sulla mia palma
   poi la tua mano.
La separazione era cominciata da tempo, da quando le nostre
                                                                dita
s'eran toccate la prima volta, eppure
t'ho persa così, tutt'a un tratto.
Fermavo le macchine sul mare d'asfalto, guardavo dentro,
                                                                non c'eri.
I viali son bianchi di neve, si vedono tante tracce
ma non le tue.
Con gli stivali, con le scarpette leggere, con le calze, nudi
io riconosco subito l'impronta dei tuoi passi.
Ho domandato ai metropolitani
non l'avete vista?
Se ha tolto i guanti, come non notare le sue mani
le sue mani son come candele su candelieri d'argento.
I metropolitani rispondono con cortesia
non l'abbiamo vista.
A Istanbul, lungo la corrente sotto Porta Serraglio, un
                                                                rimorchiatore
seguito da tre chiatte
risale tra lo schiamazzo dei gabbiani;
dalla Piazza Rossa ho gridato verso le chiatte, ho gridato
al capitano del rimorchiatore
ma il motore rombava tanto che non poteva udir la mia voce

ed era stanco, il capitano,
coi bottoni della giacca strappati.
Non l'abbiamo vista.
E io vado, entrando in tutte le file che attendono in tutte le strade
di Mosca e domando alle donne:
donne vecchie, col fazzoletto di lana in testa, sorridenti pazienti silenziose
e giovani, con le guance rosse, col cappello di velluto verde
e ragazze, tutte gioiose, tutte sode, tutte ben messe;
forse ci sono anche vecchie ripugnanti, giovani stanche, ragazze goffe
ma non me ne importa.
Quella ch'è bella, le donne la vedono prima degli uomini e la ricordano.
Non l'avete vista?
Ha i capelli di fieno biondo, le ciglia azzurre,
il suo cappotto nero ha un bavero bianco e i bottoni
di madreperla sono enormi:
l'ha comprato a Praga.
Non l'abbiamo vista.
Faccio le corse col tempo, a volte è lui che mi sorpassa, a volte son io.
Quando mi sorpassa, ho una gran paura, mi dico che vedrò sparire
le sue luci rosse che rimpiccioliscono;
quando lo sorpasso io, i suoi fari fan cadere la mia ombra sulla strada
la mia ombra corre davanti a me e un'inquietudine mi prende
mi dico che perderò la mia ombra.

Entro nei teatri, nelle sale di concerto, nei cinema
non sono entrato al Bolsciòi, non ami l'opera che danno stasera.
Nella baia di Kalamisc, sono entrato nella bettola dei pescatori
e chiacchieravo col mio amico Saìd Faìk;
era un mese ch'ero uscito di prigione, lui si lamentava del suo fegato
e la vita era bella.
Entro nei ristoranti, in quelli dove c'è una buona orchestra di jazz

chiedo ai portieri gallonati ai camerieri distratti
avidi di mance alla ragazza del guardaroba al guardiano notturno
del mio quartiere.
Non l'abbiamo vista.

Mezzanotte suona dal campanile del monastero Strasnòi.
Eppure, monastero e campanile son crollati da molto tempo
e da quelle parti si costruisce il più grande cinema della città.
Da quelle parti, ho incontrato i miei diciannove anni.
Ci siamo riconosciuti subito.
I nostri visi non li avevamo visti nemmeno in fotografia
eppure ci siamo riconosciuti subito, senza stupore;
volevamo stringerci la mano.
Ma le nostre mani non possono toccarsi, ci son di mezzo quarant'anni,
un tempo senza fine, gelato, c'è un mare nordico,
e sulla piazza Strasnòi, ora piazza Pusckin, comincia a nevicare.
Ho freddo soprattutto alle mani e ai piedi
eppure ho calzini di lana, guanti e stivali foderati di pelliccia.
Era lui ch'era senza calzini, e aveva i piedi fasciati di stracci dentro gli zoccoli.
Nella sua bocca, il mondo ha un sapore di mela matura
nelle sue mani, è sodo come il seno di una fanciulla di quindici anni
nei suoi occhi, le canzoni son lunghe chilometri, e la morte una spanna:
non vede nulla di quanto gli cascherà sulla testa.
Non ci sono che io, a sapere quel che gli accadrà
perché ho creduto a tutto ciò che crede
ho amato tutte le donne che amerà
ho scritto tutte le poesie che scriverà
ho dormito in tutte le prigioni in cui dormirà
son passato in tutte le città
dove lo porteranno i suoi passi
mi sono ammalato di tutti i suoi malanni
ho dormito tutti i suoi sonni ho visto tutti i suoi sogni
tutto quello che perderà
l'ho perduto
i capelli di fieno biondo, le ciglia azzurre,

il suo cappotto nero ha un bavero bianco, e i bottoni
di madreperla sono enormi.
Non l'ho vista.

I miei diciannove anni passano per piazza Bayazet
entrano nella piazza Rossa scendono a piazza della Concordia
incontro Abidìn il pittore parliamo delle piazze.
Due giorni fa Gagàrin ha fatto il giro della piazza più grande
ed è tornato;
nella mia stanza d'albergo ch'è una soffitta parliamo con
Abidìn il pittore
delle piazze e degli edifici;
la Senna cola laggiù di qua e di là da Notre-Dame
la notte vedo dalla mia finestra la Senna tra le stelle come
una fetta di luna
e una giovane donna dorme nella mia stanza d'albergo ch'è
una soffitta
mescolata ai camini dei tetti di Parigi.
Da anni non s'era immersa in un sonno così profondo;
ha messo i diavolini nei suoi capelli biondi e le sue ciglia
azzurre
sembrano il velo di un'odalisca.
Parliamo con Abidìn delle piazze degli edifici
ed egli traccia il segno della velocità infinita
della piazza infinita su di un rettangolo con dei colori;
e io mangio i colori come se fossero frutti.
Matisse fruttivendolo vende i frutti del cosmo
anche Abidìn e Levà
le piazze e i colori del microscopio del telescopio
degli oblò dei razzi
e i loro poeti e i loro pittori e i loro astronauti
e l'arancione diventa azzurro poi seta nera tutta nera:
ma tutti, anche sulla più lontana frontiera
del mondo, sono colori del nostro mondo.
Il compagno Gagàrin cantava scendendo sulla terra.
Anche se andremo su Marte passando per il nero assoluto
troveremo i colori del nostro mondo
un po' più chiari un po' più scuri un po' più vividi un po' più
opachi
ma i colori del nostro mondo.
Abidìn fa un disegno della velocità su una piazza

di centocinquanta centimetri per sessanta
e come vedo i pesci nell'acqua e come posso pescare i pesci
così vedo e posso pescare
nelle tele di Abidìn le ore che volano dondolandosi.
La pera il cosmo il viso umano son fuori di me
io sono nella pera nel cosmo nel viso umano
la pera il cosmo il viso umano esistevano prima di me
ed esisteranno dopo.

La Senna è come una fetta di luna
una giovane donna dorme a Parigi in una soffitta
i suoi capelli son color fieno le ciglia azzurre:
quante volte l'ho perduta l'ho ritrovata
quante volte la perderò la ritroverò.
Mi sono svegliato col mormorio del sangue che cola nelle mie vene
le mie dita non hanno peso
le mie dita si staccheranno dalle mani e dai piedi e voleranno
volteggiando sopra la mia testa
anche la mia testa non ha peso può volar via come un pallone
non ho né sinistra né destra non ho né su né giù:
bisogna dire ad Abidìn che faccia il disegno
del non-peso del non-sinistra e destra, del non-su e giù
bisogna dire ad Abidìn che faccia il ritratto
del ragazzo ch'hanno ammazzato in piazza Bayazet
del compagno Gagàrin
della giovane donna che dorme nella soffitta di Parigi
immersa in un sonno profondo;
i suoi capelli son color fieno, le ciglia azzurre
e il suo collo rotondo è lungo e bianco.

Praga: l'aeroplano per l'Avana
  aspetta la compagnia del balletto cubano
per sei mesi, nei paesi socialisti, hanno danzato
  simili a uccelli multicolori
  che s'innalzano in volo
  dalle isole dei mari caldi, gridando.
Non riesco ad abituarmi:
quando l'aereo decolla penso a ogni sorta di sciagure
soprattutto quando m'allaccio la cintura.

Siamo nel puro azzurro.
Una ragazza moscovita è seduta vicino a me, una geologa,
piccolina, molto graziosa, una goccia di miele dall'occhio
celeste:
Cuba, dice, è un po' più giovane degli Urali
più giovane di due milioni d'anni
ma la ricchezza del suo sottosuolo
è il tesoro delle mille una notte
come negli Urali;
io passeggio nel sottosuolo, la mia testa sbatte
contro le radici e le ossa, e i metalli
scintillano in mucchi variopinti;
i nostri, dice, cercano petrolio sotto la terra cubana, nel fondo
dell'Atlantico
le perforatrici bucano, a traverso le lunghe erbe mobili,
il fondo
dell'oceano e dei pesci, pesci dagli occhi splendenti, dal
ventre
gonfio, irto di spine, sbattono contro il vetro
del mio casco da palombaro;
ne troveremo, dice, Cuba non può fare a meno
del petrolio, ne troveremo.
Certo lo troveranno, ho fiducia, ma come sopporterà il caldo
la piccola Natascia?
Nel Kazakistan, dice, ho lavorato due anni
quarantacinque, quarant'otto all'ombra.
Davanti a me degli ingegneri di Bakù, di Brno, di Varsavia
di Weimar, di Budapest, di Pechino:
Fidel Castro vuole temprare l'acciaio, temprarlo come le
piogge
che cadono sotto il sole dei tropici
vuol evadere dalla prigione dello zucchero.

Sotto c'è l'Europa ma i ballerini cubani regolano gli orologi
gridando e discutendo
sono entrati correndo
nei freschi patii delle loro case.
Io non riesco a rendermi conto se inseguiamo il giorno
o la notte
se la vita si allunga
o si accorcia

sorpassiamo la frangia delle rive d'Europa, la vedo,
la frangia è nella schiuma
lo vedo, siamo sopra l'Atlantico
ho un sentimento di solitudine
è la prima volta che abbandono la mia grande terra.
Grandi galeoni vogano sull'Atlantico
  con le vele spiegate
    a traverso rose dei venti
      grandissime e sirene,
il richiamo di mappe tracciate su pelli di gazzelle
si mescola alla mia solitudine,
non c'è più orizzonte
l'azzurro diventa viola, poi nero
il nostro aereo è disceso
in piena notte su una piccolissima stella, il cui sovrano
è una sorta di creatura crudele, con le mani artigliate
e un solo occhio in mezzo alla fronte.
In piena notte dopo sei ore di volo atterriamo
sull'isola di Santa Maria
si parla portoghese
ho pensato all'Angola:
è nelle piantagioni di caffè vicino a San Salvador del Congo
che cominciò l'insurrezione e si estese.
In sette settimane abbiamo ucciso 30.000 di quelle bestie, il mese
prossimo ne uccideremo altre 100.000 purché cessin le piogge,
così parlò l'ufficiale portoghese a Luanda.

Al sorgere della luna, il nostro aeroplano
decolla, e giù, in mezzo alle acque, Santa Maria rimane
abbandonata, impotente
nell'acque dell'Atlantico, al chiaro di luna,
triste come una vecchia boa stinta sballottata dalle onde.
Ho dormito
mi sono svegliato
è pieno di stelle che non conosco
che impallidiscono rapidamente
le ragazze del balletto cubano si pettinano
si truccano gli occhi e le labbra
e in quel luogo ristretto, chiuso ermeticamente, il languore
mattutino le matura in una insipidezza di serra.

Il sole si è levato
giù le profondità si tingono di verde chiaro d'azzurro scuro
come serpenti terribili le isole del corallo si allungano
si torcono nella luce di vetro opaco
le rive di Cuba appaiono con le loro baie
le baie stanno una accanto all'altra come catini d'argento
le acque delle baie di Cuba sono tranquille possono accogliere
   nello stesso giorno
      nella stessa notte
tutte le barche che vogano su tutti i mari.
So bene che l'isola di Cuba è un frutto di paradiso
nell'ansa del golfo del Messico
non ci sono serpenti a Cuba i suoi scorpioni non han veleno
non ci sono nemmeno belve, eccetto i coccodrilli delle paludi
di Zapata, lunghi sette metri, si possono accoppare colpendoli
da dietro con un bastone
e anche i pescecani tra gli scogli di Kohimar.
Se butti un seme d'arancia nella terra umida e calda di Cuba
al mattino
la sera trovi un aranceto.
È una storia che parla dell'uomo della sua gioventù delle sue
speranze
l'hanno già raccontata meglio di me la racconteranno meglio
di me
amici e nemici non c'è più nessuno
che non l'abbia sentita:
Batista era lo schiavo del re dei serpenti
dei milionari della canna da zucchero, indigeni o yankee,
di quelli del caffè, del tabacco, indigeni o yankee,
di un'armata di cinquantamila soldati coi carri armati
   e gli aeroplani e le caserme
   che uccidevano i valorosi
   battendoli a morte
   dopo averli castrati e accecati
delle porte dei commissariati
   davanti imputridivano
   i cadaveri rovesciati sul dorso
dei clamori che laceravano
   le mura dei commissariati
   dibattendosi come uccelli feriti
   nelle notti calde

dei preti franchisti delle bische dei grossisti di eroina
dei gangster indigeni o yankee delle puttane
  quindicimila all'Avana soltanto
di quello che marcisce ributtato sulla riva dal mare,
Batista, il generale dei fetori di cadavere
  mescolati all'odore pesante dolciastro dei fiori,
  nel suo popolo di sei milioni
  quattro milioni di affamati
  un milione di tubercolosi
Batista era lo schiavo dell'ambasciatore
  degli Stati Uniti a Cuba
  in dieci anni s'era assicurato
  un miliardo di dollari
era lo schiavo del dollaro
degli Stati Uniti d'America
delle forze armate degli Stati Uniti d'America.
Nell'ottobre 1956
ottantadue persone, compreso Fidel,
scesero in acqua dalla nave Gromont
  avanzatasi fin sotto la costa
scesero tenendo le armi sopra la testa
  immersi in acqua fino alla cintola
uscirono sulla riva sotto il fuoco delle mitragliatrici
  aperto in un istante
evitando la luce dei proiettori che frugavano fiutavano il buio
  come cani poliziotti
schiacciando sotto i passi le grosse rane e le grida
  di «siete circondati! arrendetevi!»
per tuffarsi negli stagni tra le canne da zucchero
per arrampicarsi sulle colline
  tra i palmizi e le noci di cocco;
si ritrovarono sui monti della Sierra
in dodici vivi, compreso Fidel,
  degli ottantadue
nel novembre 1956 eran dodici, compreso Fidel,
nel dicembre 1956 erano centocinquanta, compreso Fidel,
nel febbraio 1957 erano cinquecento, compreso Fidel,
poi furono mille, compreso Fidel, cinquemila, compreso Fidel,
furono un milione, cento milioni, l'umanità intera,
e nel gennaio 1959
sbaragliarono Batista

e l'armata dei cinquantamila
e i milionari dello zucchero indigeni e yankee
e i milionari del caffè del tabacco indigeni e yankee
e le caserme e i commissariati dove marcivano i cadaveri
e i grossisti di eroina e le bische
e l'ambasciatore degli Stati Uniti d'America
e le forze armate di terra di mare d'aria
  degli Stati Uniti d'America
e il fetore dei cadaveri
mescolato all'odore pesante dei fiori
si disperse
si disperse la paura
degli Stati Uniti d'America.
L'hostess ci disse «ci avviciniamo all'Avana»,
«le palme, le palme!» gridò qualcuno, pareva che dicesse
«mamma!»
i ballerini del balletto cubano, come grosse farfalle,
si agitarono contro i vetri degli oblò.
Dopo un volo di diciotto ore
scendiamo per posarci non sulla terra
non sul cemento ma dentro la luce.
Li ho visti nella luce, intrecciati alla luce:
erano tre, una donna, due uomini
uno era barbuto
erano giovani, non son riuscito a distinguere
quale fosse bianco, quale nero, quale mulatto
il barbuto era nero, bianco o mulatto? non potevo distinguere
non ho potuto distinguere se la donna era bianca nera o mulatta
i loro occhi si somigliano tanto e tutto ciò che hanno
  è tanto nei loro occhi
che non si riesce a distinguere il colore della pelle,
d'altronde sotto questo sole che dissolve disperde impasta
crea
il sangue e le epidermidi
  si confondono come danze e canzoni,
tutti e tre hanno camicie di un azzurro slavato
  pantaloni cachi
alla cintura pistole dal manico cesellato, e in mano
  i fucili mitragliatori;
uno aveva messo il berretto piegato sotto la spallina
era il bianco o il nero o il mulatto? non potevo distinguere.

Poi li ho incontrati ancora ogni ora del giorno e della notte
nei luoghi più inverosimili
qualchevolta riempivan gli autocarri qualchevolta eran soli
una volta montavano la guardia
davanti al palazzo dell'associazione scrittori
  due ragazze di quattordici anni
come le ragazze della nostra Anatolia le ragazze di Cuba
crescono rapidamente
i fucili mitragliatori son pronti
il berretto verde si abbassa un po' sul sopracciglio nero;
un'altra volta era un gigante nero dai capelli bianchi ricciuti
s'appoggiava a tutta la porta della banca
la mitragliatrice stava in terra tra le sue gambe;
un'altra volta ha letto le mie poesie alla televisione
senza togliere la pistola dalla cintura
  era la più grande attrice di Cuba.
È con una Cadillac bianca che siamo entrati all'Avana
salivo per la prima volta su una macchina simile
non è una macchina ma un oceano
il suo milionario è fuggito a Miami;
mi ha ricordato il trono dello zar;
a diciannove anni, al Cremlino, mi ci ero seduto
  per farmi fotografare;
era coperto con una federa.

Il calore mi si appiccica al dorso come una maglia
inzuppata di sudore
dal 24° piano dell'albergo guardo la città di notte.
Quello che vedo è un fondo marino dove si riflette il sole
lo splendore dei pesci gialli azzurri arancioni verdi scintilla
e dei frutti di mare giganti dalla madreperla bianca
e delle rocce dai fiori rossi mezzi piante mezzi animali
con lunghi peli.
Dal 24° piano dell'albergo ascolto la città di notte
annega nelle canzoni
canzoni nella terra, la pietra, la foglia
canzoni nella terra la pietra la foglia come il calore vibrante
canzoni nell'aria come ad esempio l'azoto
canzoni, polpa di frutti buccia nocciolo di frutti
canzoni, odore di fiori
canzoni, la Spagna l'Arabia l'Africa

canzoni negli occhi delle donne sui loro fianchi
canzoni, le mani calde degli uomini
canzoni, i piedi, la vita, le spalle, le danze.

Scendo in ascensore nel vestibolo
nell'ascensore giovani contadine della provincia orientale
dei villaggi di Bayamo
son venute in città per imparare il cucito
nell'albergo Habana Libre stanno in appartamenti
pieni d'ombre di milionari
prima l'albergo si chiamava Hilton,
ventiquattro milioni di dollari;
nell'ascensore ragazze della provincia di Bursa
dei villaggi dell'Anatolia
che ci fate ragazze, come mai vi hanno lasciato entrare
nell'albergo Hilton?
mi dicono che Hilton non è più Hilton, da tempo si chiama
Istanbul Libera
e loro ridono mettendo la mano davanti alla bocca:
anche gli aghà son fuggiti con gli americani.
E la terra?
La terra, ce la siamo divisa.

Nel vestibolo ho visto Ivanov e Alexei Vassilievic
aveva messo la giacca di cuoio sulle spalle
  la pistola nella cintura
  e calzato gli stivali:
coi suoi baffi argentati a uncino
sotto il ritratto di Fidel Castro
sta raccontando all'usciere negro
come a Pietrogrado
si sono impadroniti del Palazzo d'Inverno.
Eppure è nel '41 che morì Alexei Vassilievic
difendendo Mosca
nevica
le slitte passano lasciando un doppio solco nella neve
che copre il tavolato di legno del viale Tverskoi.
Alizadé il caucasico è entrato nel vestibolo
con la giubba lunga e attillata e le cartuccere sul petto
e il pugnale ornato d'argento e il berretto di astrakan
e anche con le due ferite che dolgono ancora

ricordo di Wrangel;
basta dirgli hop! perché si metta a danzare il ciamìl
e tutte le ragazze dell'Avana si mordon le dita,
eppure è proprio a Bakù che ho visto Alizadé tre mesi fa
scendeva dalla sua macchina a due colori
era invecchiato
l'ho appena riconosciuto.
Ci sono dei delegati nel vestibolo
quelli arrivati ieri all'Avana
argentini cileni ecuadoriani
brasiliani malgasci indù
finlandesi cecoslovacchi italiani
il francese Jean-Pierre parla col delegato della Martinica
eppure so che Jean-Pierre è morto davanti a Madrid
schiacciato dai carri armati hitleriani;
ma è là di fronte a me, Jean-Pierre, col suo viso giovane
  liscio come una mela
e rosso;
sarà per via del freddo:
in quest'anno 1922 a Mosca ventisette sotto zero
in quest'anno 1961 all'Avana trentacinque all'ombra.

Vado a zonzo per le vie dell'Avana
confondo gli uni con gli altri gli alberi sull'asfalto
non c'è modo di distinguere le macchine dalla strada asfaltata
  la pioggia dal sole
  le nuvole bianche dalle piscine celesti
confondo i frutti e le donne
i bambini che vanno a scuola e la libertà.
In questa città, è impossibile separare la libertà dalla gente
confondo i fucili mitragliatori e le porte, quelle coi colonnati,
quelle senza, quelle di ferro, di legno, di vetro, grandi
e piccole, tutte le porte delle strade le confondo coi fucili
confondo le barricate fatte di sacchi di sabbia e l'Atlantico
non c'è modo di distinguere l'orizzonte che aspetta al varco
                                                          la sagoma
delle portaerei americane
dalle barricate fatte coi sacchi di sabbia
confondo le madri contadine col palazzo della presidenza
confondo i mausolei le statue i busti di José Martin
con le fotografie di Fidel

confondo Fidel con le canzoni, l'Internazionale col cha-cha-cha
la conga con Fidel
somos socialistas adelante adelante
confondo Fidel con le centomila persone che sulla piazza
allineandosi una dietro l'altra e mettendosi le mani sulle spalle
danzano la rumba
non c'è modo di distinguer Fidel dall'Avana
m'imbatto in Marx sulla copertina dei libri tra gli ananas i
mamay
m'imbatto in Marx con la sua nobile barba sceso or ora dai
monti
della Sierra
m'imbatto in Lenin, ogni giorno più spesso, sul muro assolato
in mezzo a piccole stelle rosse in mezzo a frasi spagnole
col braccio alzato Lenin parla sulla Piazza Rossa, da una
tribuna
di legno, circondato da bandiere cubane
m'imbatto in Nikita attraverso il ritmo delle canzoni
m'imbatto in Kennedy dai denti falsi di cane
m'imbatto in pezzi di carta da pacchi
fissati con un chiodo
sulle banche sulle officine
c'è scritto quasi sempre Nacionalizado,
incontro dei contadini
nella destra hanno il titolo di diritto alla terra, nella sinistra
l'iscrizione alla cooperativa
sembra che sognino e temano di svegliarsi, e scoprire
che tutto ciò che vedono non sia vero,
m'imbatto in qualcuno dei cinquanta milioni di alberi
piantati dalla Rivoluzione
nelle scuole che adesso son diecimila,
incontro degli architetti
degli architetti con baffi appena spuntati, che vengono
dal sole dalla luna dalle stelle, o piuttosto da un mondo
dove la vita è molto, ma molto più vera, diciamo
che vengono dal cuore del nostro ventunesimo secolo
costruiscono giardini edifici con forme colori comodità senza
pari
gli edifici non sono come vestiti in serie, ad esempio
la casa del pescatore non è una casa, è una scatola per gioielli
che non somiglia a nessun'altra;

avevano da dire delle cose belle e da dirle presto
gli architetti della Rivoluzione
  ai lavoratori di Cuba
e sanno trasformare il calore in frescura, l'oscurità in luce;
incontro degli operai
da che l'Avana è l'Avana nessuno è passato per le vie
  con passo così franco,
e anch'io, che ogni giorno all'Avana mi sento più giovane:
l'amarezza del mondo la sento ogni giorno di meno
  nella mia bocca
le rughe sulle mie mani si cancellano un poco ogni giorno
ogni giorno credo di più
  che la donna lontana pensi a me soltanto
    ha i capelli di fieno biondo, le ciglia azzurre,
e ogni giorno per le vie dell'Avana canto
  più gioiosamente
    somos socialistas adelante adelante.

AUTOBIOGRAFIA 1962

Berlino, gennaio 1962

Sono nato nel 1902
non sono più tornato
  nella città natale
  non amo i ritorni indietro
quando avevo tre anni
  abitavo Alep
  con mio nonno pascià
a 19 anni studiavo a Mosca
  all'università comunista
a 49 ero a Mosca di nuovo
  ospite del comitato centrale
  del partito comunista
e dall'età di 14 anni
faccio il poeta

alcuni conoscon bene le varie specie

delle piante altri quelle dei pesci
io conosco le separazioni
alcuni enumerano a memoria i nomi
delle stelle io delle nostalgie

ho dormito in prigioni e anche in alberghi di lusso
ho sofferto la fame compreso lo sciopero della fame
e non c'è quasi pietanza
che non abbia assaggiata
quando avevo trent'anni hanno chiesto
la mia impiccagione
a 48 mi hanno proposto
per la medaglia della Pace
e me l'hanno data
a 36 anni ho traversato in sei mesi
i quattro metri quadrati
di cemento
della segregazione cellulare
a 59 sono volato
da Praga all'Avana
in diciotto ore

ero di guardia davanti alla bara di Lenin nel '24
e il mausoleo che visito sono i suoi libri
han provato a strapparmi dal mio Partito
non ci sono riusciti
e non sono rimasto schiacciato
sotto gl'idoli crollati

nel '51 con un giovane compagno
ho camminato verso la morte
nel '52 col cuore spaccato ho atteso la morte
per quattro mesi sdraiato sul dorso

sono stato pazzamente geloso delle donne ch'ho amato
non ho invidiato nemmeno Charlot
ho ingannato le mie donne
non ho sparlato degli amici
dietro le loro spalle
ho bevuto ma non son stato un bevitore
ho sempre guadagnato il mio pane

col sudore della mia fronte
che felicità

mi sono vergognato per gli altri e ho mentito
ho mentito per non far pena agli altri
ma ho anche mentito
senza nessun motivo

ho viaggiato in treno in aeroplano in macchina
i più non possono farlo
sono stato all'Opera
i più non ci vanno non sanno
nemmeno che cosa sia
e dal '21 non sono entrato
in certi luoghi frequentati dai più
la moschea la sinagoga la chiesa
il tempio i maghi le fattucchiere
ma mi è capitato
di far leggere la mia sorte
nei fondi di caffè

le mie poesie sono pubblicate
in trenta o quaranta lingue
ma nella mia Turchia
nella mia lingua turca
sono proibite

il cancro non l'ho ancora avuto
non è necessario che l'abbia
non sarò primo ministro
d'altronde non ne ho voglia
anche non ho fatto la guerra
non sono sceso nei ricoveri
nel mezzo della notte
non ho camminato per le vie
sotto gli aerei in picchiata
ma verso i sessant'anni mi sono innamorato

in una parola compagni
anche se oggi a Berlino sono sul punto
di crepar di tristezza

posso dire di aver vissuto
   da uomo
e quanto vivrò ancora
e quanto vedrò ancora
   chi sa.

POEMETTI

Pietrogrado 1917

1935

Al Palazzo d'inverno, Kerenski.
A Smolni, i soviet e Lenin.
Nella strada, le tenebre
  la neve
    il vento
      e loro.

Loro, sanno che Lenin ha detto:
«Ieri troppo presto, domani troppo tardi,
  il solo momento è oggi.»
E loro hanno detto: «Va bene, lo sappiamo».
Mai
hanno saputo nulla
di un sapere così perfetto e implacabile.

Sulla neve, la notte
  sulla neve, il vento
    e loro

reduci dal fronte, coi loro camion
le loro baionette
le loro mitragliatrici
le loro nostalgie speranze appetiti sacri
e gli occhi spalancati nelle tenebre
marciano.
Marciano sul Palazzo d'inverno.

Il boscevico Kitòv, di Putilovski-zavòd, dice:
«Oggi è un gran giorno, compagni
un gran giorno.
E ricordo a chi volesse fare man bassa
che ormai il Palazzo d'inverno e tutta la Russia
sono beni dell'operaio e del contadino.»
Il vento
la neve
le tenebre.
Loro, silenziosi come le tenebre
intrepidi come il vento
marciano.
Marciano sul Palazzo d'inverno.

Serghiéi lo Zoppo, tornitore,
dice: «Maledizione!
Nel 1905 - avevo dieci anni -
sono passato qui.
In testa c'erano le icone coi grandi occhi innocenti
i bambini scalzi le vecchie
e Gapone, il pope dai lunghi capelli.
Gli uomini e il vento erano in poppa.
E di fronte, alla finestra rossa, lo zar di tutte le Russie
ci guardava, livido nell'abito nero.
Le donne misero il ginocchio a terra piangendo
io avevo alzato la mano
per farmi il segno della croce
quando a un tratto sorsero al galoppo i cosacchi
i cosacchi coi cavalli impennati e i colbacchi neri.
Noi bambini cademmo strillando come passeri.
Un colpo di zoccolo mi spezzò la rotula.»
E Serghiéi lo Zoppo, trascinando la gamba
marcia con loro sul Palazzo d'inverno.

Il vento
la neve
le tenebre sono padrone.

Viene dal fronte polacco
il contadino Ivan Petrovic, e i suoi occhi
come quelli d'un gatto vedono nella notte.
Tossicchia nella barba rossa
e dice: «Eh, Matuscka!
a noi la terra, come l'anatra verde nel carniere!»
Il vento
  la neve
    e le tenebre riempiono tutto.
Sulla piazza, il Palazzo d'inverno, e loro.
Nel porto, l'Avrora con i tre fumaioli.
Aprì il fuoco, il Palazzo d'inverno,
aprirono il fuoco, dietro le colonne
i graziosi aristocratici e le puttane bionde.
Serghiéi lo Zoppo, tornitore, dice:
«Maledizione!
In che mani s'è messo Kerenski...»
E cade a terra sulla gamba inferma.

Reduce dal fronte polacco
il contadino Ivan Petrovic
vede in lontananza coi suoi occhi di gatto
  la terra grassa e concimata
e tossicchiando nella barba rossa
estatico, fa sparare la sua mitragliatrice.

Sotto il vento
  sotto la neve bianca
i mattoni rossi del Palazzo d'inverno.

Il bolscevico Kitov
dice: «Compagni, la storia
ossia la classe operaia e contadina
ossia il soldato rosso
ossia noi, diamo fuoco alle polveri!»

«Compagni,» dice «passiamo all'attacco!»

E come sulla Neva i ghiacci rosseggianti
con l'appetito di un bambino
col coraggio del vento
entrarono nel Palazzo d'inverno.

Ferro, carbone e zucchero
  e rosso rame
  e tessili
e amore e violenza e vita
e tutti i rami dell'industria
la Piccola, la Grande e la Bianca Russia
  e il Caucaso, la Siberia, il Turkestan
e il corso malinconico del Volga
e le città
ebbero la sorte
mutata, in un momento d'alba
in un momento d'alba quando
sorti dalle rive della notte
coi loro stivali bagnati di neve
calpestarono
lo scalone di marmo.

Storia del noce
e di Yunùs lo zoppo

1940

Abbiamo qui un amico
è del villaggio di Kareàk nel Cerkésc.
Ci sono cose nascoste in lui
  come nei grandi libri.
Ha interesse per la gente istruita
  per le notizie della radio
  e per gl'indovinelli.

Il suo nome: Yunùs.

Accende il nostro fuoco e ci porta dell'acqua.
Noi parliamo con lui degli alberi e dei giorni.
  «Verranno con certezza
  i giorni più belli da vivere.»
Intanto
nelle nostre chiacchiere c'è la tristezza
  di un noce tagliato e venduto.

Lo conosciamo il suo noce
  stava nel cortile

a sinistra della porta.
Yunùs aveva sei anni quando è caduto
da un ramo di noce
per questo ha una gamba zoppa.
I buoi amano gli zoppi
perché gli zoppi vanno sempre pensando
hanno buon cuore
perché camminano a rilento
i buoi amano gli zoppi.
I noci non amano gli zoppi:
non possono saltare fino ai frutti
non possono arrampicarsi sugli alberi
e scuotere i rami
i noci non amano gli zoppi.

Buffa storia l'amore:
quelli che non sono amati
non si buttano tutti a fiume
necessariamente.
Gli uomini sono esseri ingegnosi
gli uomini sanno amare senza essere amati.
Buffa storia l'amore
buffa storia quella del noce
e di Yunùs lo zoppo.

Lasciava cadere le noci in settembre
le foglie restavano verdi fino a novembre.
E quando sopra la strada di Cerkésc
l'ora della preghiera del mattino
arrivava scintillando
i suoi rami si risvegliavano
più presto delle donne.
Al sole la sua ombra era famosa
al vento parlava solo
e Yunùs tutte le mattine
passava sotto i suoi rami.

Pensare, per Yunùs,
non era una cosa sacra
né un'infelicità
né una felicità.

E la morte era per Yunùs
 un villaggio dal quale certo non si ritorna
 ma sul quale non c'era niente da pensare.

Lasciava cadere le noci in settembre
le foglie restavano verdi fino a novembre
le radici andavano lontano sotto la terra
i rami guardavano Yunùs dall'alto
era talmente alto e largo
che se ti sdraiavi la notte accanto al tronco
 non vedevi le stelle.

Yunùs non sapeva perché
 di giorno le stelle si spengono
 e nemmeno che la terra è tonda
 e gira attorno al sole.
Di tutto questo siamo stati noi a parlargliene
e lui non è rimasto a bocca aperta.

Lasciava cadere le noci in settembre
le foglie restavano verdi fino a novembre
non si poteva abbracciarne il tronco
tenendosi per mano in tre
e Yunùs tutte le mattine
 passava sotto i suoi rami.

Dei mussulmani della Cina
dei rinoceronti col corno sul naso
dei microbi che vivono in una goccia
 a migliaia
Yunùs non aveva idea.
Il giorno che lo imparò da noi
non restò a bocca aperta.

Lasciava cadere le noci in settembre
al sole la sua ombra era famosa
al vento parlava solo
le foglie restavano verdi fino a novembre.

Un giorno mentre Yunùs ci accendeva il fuoco

e ci dava l'acqua
gli abbiamo detto:
«Siamo i tuoi servitori, Yunùs
tu sei il padrone.» Fu allora
che Yunùs restò a bocca aperta.

Lasciava cadere le noci in settembre
al vento parlava solo
era talmente alto e largo
che non si poteva abbracciare
dandosi la mano in tre.
Se ti sdraiavi la notte accanto al tronco
non vedevi le stelle
la notte scorreva su lui come l'acqua
le radici andavano lontano sotto la terra
i rami guardavano Yunùs dall'alto.

«È pesante il lavoro al villaggio, sicuro
e il corpo, te lo schiaccia.
Siediti per terra
e guarda da tutte le parti:
chi sa in quale tana la sciagura è in agguato
ti colpirà certamente, sfuggire è impossibile...»

La sciagura ha colpito Yunùs
in pieno petto.

«In questo mondo non abbiamo vissuto
ce ne andiamo come siamo venuti
Istanbul è bellissima, m'han detto
il Destino non mi ha permesso
di vederla
ma chi sa perché trenta case su sessanta
non hanno pecore...»

Yunùs non aveva pecore.

«La pietra che lanci
non colpisce l'uccello che vuoi.
Il mondo oramai va in treno.
Il mondo non s'appoggia più sulle corna di un bue.

Ma il bue per noi è le mani e i piedi
è duro vendere il bue
  è morire a metà
senza il bue sei capace di tutto...»

Il bue di Yunùs fu venduto.

«La fine delle strade per certo è vicina
tutto quel che succede oggi
  è al di là della ragione.
La terra è un pezzo di sapone:
  scivola tra le mani.
Ogni creatura ha casa in qualche posto
il lupo non ha casa in nessun posto
quando la terra ti scivola dalle mani
  diventi un lupo...»

La terra di Yunùs gli è scivolata dalle mani.

Lasciava cadere le noci in settembre
le foglie restavano verdi fino a novembre
al sole la sua ombra era famosa
era alto e largo quanto voleva.

Yunùs pensa a lui di continuo
più affonda e più se ne ricorda
le sue radici andavano lontano sotto la terra
non domandava niente non esigeva niente
parlava al vento tutto solo.

La solitudine ha messo a terra Yunùs
il suo sudore è colato sulla terra di altri,
per paura che il suo noce sparisse nella notte
lo vegliava fino all'alba senza dormire.
Le sue radici andavano lontano sotto la terra
i suoi rami guardavano dall'alto Yunùs.

Del noce si fanno belle mensole
che si può fare di Yunùs lo zoppo?
Arrivano i grandi freddi, riparati se puoi
del noce si fanno mensole

non potrai resistere
vendi il noce, Yunùs.
I galantuomini non tessono il kilìm
  per quelli che non hanno niente
peggio per il noce, Yunùs, peggio per te.

Nei grandi freddi i lupi sono affamati
del noce si fanno mensole.
La ragione entra con ritardo nella testa di un turco
vendi il tuo noce, Yunùs.
I galantuomini non tessono il kilìm
  per quelli che non hanno niente
peggio per il noce, Yunùs, peggio per te.
Per il lupo senza capanna era una capanna
del noce si fanno mensole
era mezzo albero mezzo uomo
vendi il tuo noce, Yunùs.

Come un morto tutto nudo è steso sulla neve
del noce si fanno mensole
gli tagliarono braccia e rami
vendi il tuo noce Yunùs
i galantuomini non tessono il kilìm
  per quelli che non hanno niente
peggio per il noce, Yunùs, peggio per te.

«Il mattino appartiene a qualcuno
il sole non resta sempre dietro le nuvole
i giorni più belli da vivere
  con certezza verranno...»

Intanto
  c'è nelle nostre chiacchiere la tristezza
  di un noce tagliato e venduto.

RUBAYAT

A Gelaleddìn[1]

Reale era il mondo che tu vedevi, o Gelaleddìn, e non qualche
chimera
era immenso non creato non disegnato da non so quale causa
prima
la più bella delle quartine uscite dalla tua bocca, dalla tua
carne
non è quella che comincia con: «l'immagine non è che
un'ombra».

*

La mia anima è il riflesso del mondo che mi circonda
non esiste senza di lui, non matura un altro segreto
l'immagine la più remota e la più prossima alla realtà
è la bellezza della mia donna di cui rifletto la luce.

*

Impossibile stringere la tua immagine che resta in me
e dire che tu sei là, nella mia città, in carne e ossa

reali sono i tuoi occhi, la tua bocca il cui miele mi è proibito
il tuo abbandono d'acqua ribelle, il tuo biancore che il mio
labbro non tocca.

*

L'immagine della mia donna un giorno mi ha parlato
«io sono e lei non è» disse dal fondo di uno specchio.
Io colpii, lo specchio si ruppe, l'immagine disparve
la mia donna stava sempre laggiù sana e salva.

*

Mi baciò: «sono labbra reali come il mondo», mi disse
«questo profumo viene dai miei capelli e non dalla tua
mente», mi disse
«le stelle esistono, benché i ciechi non le vedano
contemplale nel cielo o nei miei occhi», mi disse.

[1] Mevlana Gelaleddìn (XIII secolo) fu il più grande poeta classico turco, che scrisse in «rubayat», compitissime quartine elaborate dai poeti arabo-persiani.

A Omar Kayam

«Riempi il tuo cranio di vino prima che si riempia di terra»,
disse Kayam.
L'uomo dalle scarpe rotte passando davanti al giardino di rose
disse: «in questo mondo che offre più grano che stelle ho fame
tu parli di vino e i miei soldi non bastano a comprare il pane».

*

«La vita fugge, godi l'istante prima del sonno senza sogni
è l'alba, ragazzo, versa il vino nella coppa di cristallo.»
Il ragazzo si svegliò nella sua stanza gelata senza tendine
era la sirena della fabbrica implacabile per il ritardo.

DON CHISCIOTTE

1947

Il cavaliere dell'eterna gioventù
seguì, verso la cinquantina,
la legge che batteva nel suo cuore.
Partì un bel mattino di luglio
per conquistare il bello, il vero, il giusto.
Davanti a lui c'era il mondo
coi suoi giganti assurdi e abbietti
sotto di lui Ronzinante
triste ed eroico.

Lo so
quando si è presi da questa passione
e il cuore ha un peso rispettabile
non c'è niente da fare, Don Chisciotte,
  niente da fare
è necessario battersi
  contro i mulini a vento.

Hai ragione tu, Dulcinea
è la donna più bella del mondo
certo
  bisognava gridarlo in faccia
  ai bottegai
certo

dovevano buttartisi addosso
e coprirti di botte

ma tu sei il cavaliere invincibile degli assetati
tu continuerai a vivere come una fiamma
nel tuo pesante guscio di ferro
e Dulcinea
sarà ogni giorno più bella.

ALLA VITA

1948

La vita non è uno scherzo.
Prendila sul serio
  come fa lo scoiattolo, ad esempio,
senza aspettarti nulla
  dal di fuori o nell'al di là.
Non avrai altro da fare che vivere.

La vita non è uno scherzo.
Prendila sul serio
ma sul serio a tal punto
che messo contro un muro, ad esempio, le mani legate,
o dentro un laboratorio
  col camice bianco e grandi occhiali,
tu muoia affinché vivano gli uomini
gli uomini di cui non conoscerai la faccia,
e morrai sapendo
che nulla è più bello, più vero della vita

Prendila sul serio
ma sul serio a tal punto

che a settant'anni, ad esempio, pianterai degli ulivi
non perché restino ai tuoi figli
ma perché non crederai alla morte
  pur temendola,
e la vita peserà di più sulla bilancia.

POESIE SULLA MORTE

Poesie pessimiste

I

Ho vissuto molto o poco?
Mi è impossibile dirlo.
Camminando sono caduto col viso a terra
  ho perso qualche cosa nella polvere.
Ero albero, ero mare.
I miei usignoli erano in gabbia, non lo sapevo,
  i miei pesci erano nella rete.
E così, mia rosa,
la tristezza, come una pietra bianca che lava la pioggia.
E così, mia rosa,
scrivo quel che mi attraversa
e nessuno legge, nessuno ascolta...

II

Su questa riva di mare
   come preso in una rete
      sono racchiuso nelle piogge.
La bandiera bianca sull'albero.
Morire è facile
   in queste piogge, mia rosa,
      e anche attendere la morte...

III

Sono molto stanco, non mi attendere capitano.
Che un altro annoti sul libro di bordo.
Un porto azzurro, le cupole, e i platani.
Non mi ci puoi condurre.

IV

Mia rosa, pupilla dei miei occhi
non ho paura di morire
  ma morire mi secca
è una questione d'amor proprio.

V

Le piante, da quelle di seta fino alle più arruffate
gli animali, da quelli a pelo fino a quelli a scaglie
le case, dalle tende di crine fino al cemento armato
le macchine, dagli aeroplani al rasoio elettrico

e poi gli oceani e poi l'acqua nel bicchiere
e poi le stelle
e poi il sonno delle montagne
e poi dappertutto mescolato a tutto l'uomo

ossia il sudore della fronte
ossia la luce nei libri
ossia la verità e la menzogna
ossia l'amico e il nemico
ossia la nostalgia la gioia il dolore

sono passato attraverso la folla
insieme alla folla che passa.

Elegia per Satana

1956

Satana era il nome del mio cane
«era» non ha niente a che fare col suo nome
al suo nome non è successo nulla
non somigliava al suo nome
i satani son dei tiranni
i tiranni son furbi e bugiardi
ma intelligenti mai
il mio cane era intelligente

S'è morto è un po' colpa mia
non ho saputo averne cura
e se non sai averne cura
non bisogna nemmeno piantare un albero
perché è un grande dolore per l'uomo
che l'albero secchi tra le sue mani

Mi dirai che bisogna buttarsi in acqua
per imparare a nuotare
   è vero

ma se anneghi
   sei il solo ad annegare

Sono molte mattine che mi sveglio
e ascolto attorno a me
nessuno gratta alla mia porta
   mi vien voglia di piangere
e vergogna di non poter piangere

Era come l'uomo
molti animali son come l'uomo
perché hanno la bontà dell'uomo
inchinava il suo collo forte
   davanti all'amicizia
la sua libertà era racchiusa
   nelle zanne e nelle zampe
e la sua cortesia
   nella grande coda pelosa

Ogni tanto avevamo voglia di vederci
mi parlava dei grandi problemi
della fame della sazietà dell'amore
ma non ha mai provato
nostalgia per il suo paese
   quello era affar mio.

Hanno messo il poeta in paradiso
e ha gridato: ah! il mio paese
è morto
come muoiono qui
l'uomo l'animale la pianta
nel letto sulla terra nell'aria nell'acqua
all'improvviso
   nell'attesa
      nel sonno
come si muore in questo mondo
come dovrò morire
come dovremo morire

Oggi son trentotto gradi all'ombra
guardo il balcone verso il bosco

i pini si drizzano
  tutti snelli tutti lunghi tutti rossi
il cielo è celeste-acciaio
gli uomini sudano
i cani ansano
vanno al lago per bagnarsi
lasciano sulla riva la pesantezza del corpo
condividono la felicità dei pesci.

Non ha strappato le ali alle mosche quando era piccolo
non ha legato barattoli alla coda dei gatti
né imprigionato scarafaggi
  nelle scatole di fiammiferi
non ha distrutto le case
  delle formiche.
È diventato grande.
E vedete il male che gli hanno fatto.
Quando è morto, ero al suo capezzale
e mi ha detto: «leggimi una poesia
che canti il sole e il mare
le officine atomiche la luna artificiale
che canti la grandezza dell'uomo».

Lettera dal carcere

1938

Mia sola al mondo
mi dici nell'ultima lettera:
«La testa mi scoppia, il mio cuore si ferma,
se t'impiccano
   se ti perdo
      morirò.»

Vivrai, moglie mia,
il mio ricordo come un fumo nero
si disperderà nel vento.
Vivrai, sorella dai rossi capelli del mio cuore,
i morti non occupano più di un anno
la gente del ventesimo secolo.

La morte
un morto che dondola appeso a una corda,

è a quella morte
  che il mio cuore non può rassegnarsi.

Ma
rassicurati, amore mio,
se la mano nera e pelosa di un povero zingaro[1]
finirà col mettermi la corda attorno al collo
guarderanno invano
  negli occhi azzurri di Nazim
    per scorgervi la paura.
Nel crepuscolo del mio ultimo mattino
vedrò i miei amici e te
e porterò sottoterra soltanto
il rammarico di un canto interrotto.

Donna mia
ape mia dal cuore d'oro
ape mia dagli occhi più dolci del miele
perché mai t'ho scritto della mia condanna a morte.

C'è un altro processo
non si strappa così la testa di un uomo
come se fosse un ravanello.
Su, non te la prendere,
sono possibilità remote.
Se hai del denaro
comprami delle mutande di lana
ho ancora la sciatica alla gamba.
E la moglie di un prigioniero, ricordati,
non deve avere in testa immagini nere.

[1] In Turchia, non c'era il boia di professione. Per le impiccagioni, veniva assoldato di volta in volta qualche vagabondo, generalmente zingaro.

Il cuore nel boccale

1953

Nello studio del dottor Imré Littman, sul tavolo,
c'è il cuore della signora Janos Sciabai.
Se ne sta un po' imbronciato e un po' orgoglioso
diritto in un boccale circondato di rose
che di calde albicocche hanno il colore.

È tagliato nel mezzo da un lungo segno fine
il cuore che fu quello della signora Sciabai.
Dottore, da che viene quella ferita? Un bisturi,
una frase malevola, un'azione sleale?
C'è qualcuno che piange la signora Sciabai?

Trent'anni ha, dice l'etichetta nera,
il cuore che fu quello della signora Sciabai.
Che fa il signor Sciabai, lo sposo ch'ebbe forse?
Prende l'aperitivo contemplando la sera
come sempre, dai vetri del caffè Rojakért?

Eccolo denudato in quel vaso bizzarro
il cuore che fu quello della signora Sciabai.

Chi lo sa quante volte ella un tempo ha riempito
di dolci marmellate boccali di quel tipo
ma il coperchio per certo non era di garza.

Sta qui, se pure senza ritorno è partito,
il cuore che fu quello della signora Sciabai.
Il dottore si è messo quel viscere di fronte
tenta di penetrare il segreto che nasconde
la morte venne da un'arteria o dall'amore?

Che nello studio chiaro di un medico sapiente
come il cuore della signora Janos Sciabai
dopo di noi possa servire a qualcosa
il nostro cuore, accanto a una bellissima rosa,
in un boccale pulito, come fosse vivente.

Della morte

1946

Entrate, amici miei, accomodatevi
  siate i benvenuti
    mi date molta gioia.
Lo so, siete entrati per la finestra della mia cella
  mentre dormivo.
Non avete rovesciato la brocca
  né la scatola rossa delle medicine.
I visi nella luce delle stelle
state mano in mano al mio capezzale.

Com'è strano
vi credevo morti
e siccome non credo né in Dio né all'aldilà
mi rammaricavo di non aver potuto
offrirvi ancora un pizzico di tabacco.

Com'è strano
vi credevo morti

e voi siete venuti per la finestra della mia cella
entrate, amici miei, sedetevi
   siate i benvenuti
      mi date molta gioia.

Hascìm, figlio di Osmàn,
perché mi guardi a quel modo?
Hascìm figlio di Osmàn
è strano
non eri morto, fratello,
a Istanbul, nel porto
caricando il carbone su una nave straniera?
Eri caduto col secchio in fondo alla stiva
la gru ti ha tirato su
e prima di andare a riposare
   definitivamente
il tuo sangue rosso aveva lavato
   la tua testa nera.
Chi sa quanto avevi sofferto.

Non restate in piedi, sedetevi.
Vi credevo morti.
Siete entrati per la finestra della mia cella
i visi nella luce delle stelle
siate i benvenuti
   mi date molta gioia.

Yakùp, del villaggio di Kayalar
salve, caro compagno,
non eri morto anche tu?
Non eri andato nel cimitero senz'alberi
lasciando ai tuoi bambini la malaria e la fame?
Faceva terribilmente caldo, quel giorno
e allora, non eri morto?

E tu, Ahmet Gemìl, lo scrittore?
Ho visto coi miei occhi
la tua bara scendere nella fossa.
Credo anche di ricordarmi
che la bara fosse un po' corta per la tua statura.

Lascia stare, Gemìl,
vedo che ce l'hai sempre, la vecchia abitudine
ma è una bottiglia di medicina, non di rakì.
Ne bevevi tanto
per poter guadagnare cinquanta piastre al giorno
e dimenticare il mondo nella tua solitudine.

Vi credevo morti, amici miei
state al mio capezzale la mano in mano
sedetevi, amici miei, accomodatevi.
Benvenuti, mi date molta gioia.

La morte è giusta, dice un poeta persiano,
ha la stessa maestà colpendo il povero e lo scià
Hascìm, perché ti stupisci?
Non hai mai sentito parlare di uno scià
morto in una stiva con un secchio di carbone?
La morte è giusta, dice un poeta persiano.

Yakùp
mi piaci quando ridi, caro compagno
non ti ho mai visto ridere così
quando eri vivo...
Ma lasciatemi finire
la morte è giusta, dice un poeta persiano...

Lascia quella bottiglia, Ahmet Gemìl,
non t'arrabbiare, so quel che vuoi dire
affinché la morte sia giusta
bisogna che la vita sia giusta.

Il poeta persiano...
Amici miei, perché mi lasciate solo?

Dove andate?

Angina pectoris

1948

Se qui c'è la metà del mio cuore, dottore,
l'altra metà sta in Cina
nella lunga marcia verso il Fiume Giallo.
E poi ogni mattina, dottore,
ogni mattina all'alba
il mio cuore lo fucilano in Grecia.
E poi, quando i prigionieri cadono nel sonno
quando gli ultimi passi si allontanano
  dall'infermeria
il mio cuore se ne va, dottore,
va in una vecchia casa di legno, a Istanbul.
E poi sono dieci anni, dottore,
che non ho niente in mano da offrire al mio popolo
niente altro che una mela
  una mela rossa, il mio cuore.

È per tutto questo, dottore,
e non per l'arteriosclérosi, per la nicotina, per la prigione,

che ho quest'angina pectoris.
Guardo la notte attraverso le sbarre
e malgrado tutti questi muri
  che mi pesano sul petto
il mio cuore batte con la stella più lontana.

Forse la mia ultima lettera a Mehmet

1955

Da una parte
  gli aguzzini tra noi
  ci separano come un muro
d'altra parte
  questo cuore sciagurato
  mi ha fatto un brutto scherzo
mio piccolo, mio Mehmet
  forse il destino
  m'impedirà di rivederti

Sarai un ragazzo, lo so,
  simile alla spiga di grano
ero così quand'ero giovane
biondo, snello, alto di statura;
i tuoi occhi saranno vasti come quelli di tua madre
con dentro talvolta uno strascico amaro
  di tristezza,
la tua fronte sarà chiara infinitamente

avrai anche una bella voce
   – la mia era atroce –
le canzoni che canterai
   spezzeranno i cuori
sarai un conversatore brillante
in questo ero maestro anch'io
quando la gente non m'irritava i nervi
dalle tue labbra colerà il miele
   ah Mehmet
   quanti cuori spezzerai!

È difficile allevare un figlio senza padre
non dare pena a tua madre
   gioia non gliene ho potuta dare
   dagliene tu.
Tua madre
   forte e dolce come la seta
tua madre
   sarà bella anche all'età delle nonne
come il primo giorno che l'ho vista
quando aveva diciassette anni
   sulla riva del Bosforo
era il chiaro di luna
   era il chiaro del giorno
era simile a una susina dorata.
Tua madre
   un giorno come al solito
   ci siamo lasciati: A stasera!
Era per non vederci più.
Tua madre
   nella sua bontà la più saggia delle madri
che viva cent'anni
che Dio la benedica.

Non ho paura di morire, figlio mio;
però malgrado tutto
   a volte quando lavoro
   trasalisco di colpo
oppure nella solitudine del dormiveglia
contare i giorni è difficile
   non ci si può saziare del mondo

  Mehmet
  non ci si può saziare.

Non vivere su questa terra
  come un inquilino
oppure in villeggiatura
  nella natura
vivi in questo mondo
come se fosse la casa di tuo padre
credi al grano al mare alla terra
ma soprattutto all'uomo.
Ama la nuvola la macchina il libro
ma innanzitutto ama l'uomo.
Senti la tristezza
  del ramo che si secca
  del pianeta che si spegne
  dell'animale infermo
ma innanzitutto la tristezza dell'uomo.
Che tutti i beni terrestri
  ti diano gioia
che l'ombra e il chiaro
  ti diano gioia
che le quattro stagioni
  ti diano gioia
ma che soprattutto l'uomo
  ti dia gioia.
La nostra terra, la Turchia
  è un bel paese
  tra gli altri paesi
e i suoi uomini
  quelli di buona lega
sono lavoratori
  pensosi e coraggiosi
e atrocemente miserabili
si è sofferto e si soffre ancora
ma la conclusione sarà splendida.

Tu, da noi, col tuo popolo
  costruirai il futuro
lo vedrai coi tuoi occhi
lo toccherai con le tue mani.

Mehmet, forse morirò
lontano dalla mia lingua
   lontano dalle mie canzoni
lontano dal mio sale e dal mio pane
con la nostalgia di tua madre e di te
del mio popolo dei miei compagni
   ma non in esilio
   non in terra straniera
morirò nel paese dei miei sogni
nella bianca città dei miei giorni più belli.

Mehmet, piccolo mio
   ti affido
   ai compagni turchi
me ne vado ma sono calmo
la vita che si disperde in me
si ritroverà in te
   per lungo tempo
e nel mio popolo, per sempre.

Ultima lettera da Berlino

1963

Tra quattro giorni sono a Mosca.
Questa separazione non sarà che una strada sotto la pioggia.
Arriveranno notizie
mi tufferò in nuovi pozzi
correrò ansando verso nuove scelte.
E dopo, né Berlino, né Tanganyika,
non andrò più in nessun luogo
non potrò più tornare
  né in treno né in aereo né su una nave
non arriverà più né lettera né telegramma
non potrò più telefonarti
non potrai ridere dolcemente alla mia voce
resterai tutta sola.

Tra quattro giorni sono a Mosca.
Berlino è piena di sole.
A Mosca è primavera

me l'hai detto al telefono.
Anche questa separazione finisce, grazie al cielo, ritorno.
Ma in me c'è la notte della grande separazione
in me l'amarezza di quando non mi avrai più
  in me la tua solitudine.
Solitudine, pane di ricordi che non sazia.
Forse per un anno, forse per tre mesi
la solitudine sarà la tua ombra.

Tra quattro giorni sono a Mosca.
  A Mosca la primavera
  me l'hai detto al telefono.

Tra cinque ore sarò vicino a te.
A Berlino, nella mia stanza d'albergo, il sole
  il bisbiglio inzuppato d'acqua degli uccelli
  – stamattina è piovuto –
  e poi i tram
  e poi il tempo.

Non si decide a muoversi, il tempo.
  È rigido, gelato
  si potrebbe appendere a un chiodo
  tagliarlo col coltello.
Sono come in prigione
e in prigione, il più spietato dei secondini:
  il tempo.

A Berlino nella mia stanza d'albergo il sole.
Tra due ore sarò all'aeroporto
tra cinque, nel tuo azzurro.
Tra cinque ore, la libertà.

Il mio funerale

Maggio 1963

Il mio funerale partirà dal nostro cortile?
Come mi farete scendere giù dal terzo piano?
La bara nell'ascensore non c'entra
e la scala è tanto stretta.

Il cortile sarà, forse, pieno di sole, di piccioni
forse nevicherà, i bambini giocheranno strillando
forse sull'asfalto bagnato cadrà la pioggia
e al solito ci saranno i bidoni per l'immondezza.

Se mi tiran su nel furgone col viso scoperto, come usa qui,
forse mi cadrà in fronte qualcosa di un piccione, porta
fortuna,
che ci sia o no la fanfara, i bambini accorreranno
i bambini sono sempre curiosi dei morti.

La finestra della nostra cucina mi seguirà con lo sguardo
il nostro balcone mi accompagnerà col bucato steso.
Sono stato felice in questo cortile, pienamente felice.
Vicini miei del cortile, vi auguro lunga vita, a tutti.

NOTA

A Mosca, al numero sei della via Pesciànaya, il tre giugno del 1963, verso le nove del mattino, morì Nazim Hikmet. Lì per lì non se ne accorse nessuno. Era già morto da mezz'ora quando lo trovarono accasciato accanto alla porta che dà sul pianerottolo, appoggiato allo stipite, in un atteggiamento quasi naturale. La porta era socchiusa. Forse stava uscendo per prendere la posta nella cassetta dell'atrio, o per fare due passi al sole. Il viso sembrava tranquillo. L'infarto era stato folgorante, e il cuore era già stanco. Il primo infarto l'aveva colpito vent'anni prima, nel carcere di Bursa, in Anatolia, dove passò tredici anni - oltre a diversi altri anni in altri carceri. Gli dispiaceva morire. Ma siccome morire è indispensabile, si augurava una morte come questa, rapida e decisa.
Fu composto nella bara aperta, con molti fiori e molti onori. Rimase così col viso scoperto e col suo abito migliore, secondo la costumanza russa, fino a che non fu calato nella fossa. Il suo unico figlio Mehmet arrivò da Varsavia per vederlo, insieme alla madre Munevvér, che in turco vuol dire

«la saggia». Mehmet, nei suoi dodici anni di vita, aveva visto pochissimo questo padre favoloso, cui somiglia molto: grande, con gli occhi celesti e i capelli di un biondo un po' rossiccio. Quando lo vide, disteso nella bara, con le mani molto belle disposte ordinatamente sulla giacca ben stirata, ebbe una grande scossa e si sentì male. Tirò il braccio della madre e si lamentò che gli girava la testa e che stava per vomitare. La madre lo afferrò per la spalla e gli disse che non poteva né vomitare né cadere né andarsene; e nemmeno fare smorfie. Così Mehmet stette davanti al padre morto per ore e ore, composto, e senza piangere.

Quasi quarant'anni prima, il ventidue gennaio 1924, Hikmet aveva montato la guardia accanto al volto scoperto di Lenin dentro la bara disadorna, immobile e turbatissimo come Mehmet. Lenin era stato per lui il padre grande e favoloso, assai più reale del pascià dal quale era nato, in un sontuoso palazzo di Salonicco, ai tempi dell'impero ottomano.

Hikmet aveva sessant'anni e li portava assai bene, salvo la malattia di cuore, che non appariva; anzi gli dava quel colorito fresco e rosato che hanno spesso i cardiopatici. Era un uomo bello e amabile, che si muoveva con grazia e vivacità, e parlava con gli altri nel modo più estroso e diretto. Era un grande poeta e un combattente assai valoroso, e piaceva alle donne. Ma questo eccesso di doti aveva come correttivo un ingualcibile candore, una capacità di fiducia, di meraviglia e di rispetto verso l'umanità e verso le cose. Non vi era in lui ombra di cinismo o di acidità; ma solo, qualche volta, di egoismo e di leggerezza. Era appassionatamente legato alla sua terra turca, ma non meno per sua scelta che per destino. La mescolanza di razze, di culture e di esperienze diversissime ne avevano fatto un essere ricco e originale, levigato dalle discipline ma sdegnoso di servire. Non si piegava ai compromessi, nemmeno a quelli che in generale, con sottile opportunismo, definiamo necessari. Questo prigioniero minacciato per anni d'impiccagione, questo poeta che non ha mai trovato un editore nel suo paese, questo malato che poteva morire da un momento all'altro, ha vissuto come un uomo libero, padrone sempre di se stesso e della sua condizione consapevolmente affrontata.

Che sia morto, non ha una grande importanza. Il suo modo

di essere si è realizzato ed espresso nella sua poesia, e tutto continua, salvo il rinnovarsi della sua personale felicità o infelicità e il battere faticoso del cuore tra un infarto e l'altro. I suoi amici, presenti e futuri (ne nasceranno ancora tra molto tempo), continueranno a leggerlo e a ritrovarlo. Per Mehmet soltanto la cosa sarà diversa. È difficile avere un padre, e non basta leggerne le poesie.

Joyce Lussu

INDICE

FUORI DEL CARCERE

IN ESILIO